そしてレコードは
まわる

And the record turns.
Yamamoto Sho

ヤマモトショウ

幻冬舎

そしてレコードは
まわる

装丁　bookwall
装画　夏蜜柑

contents

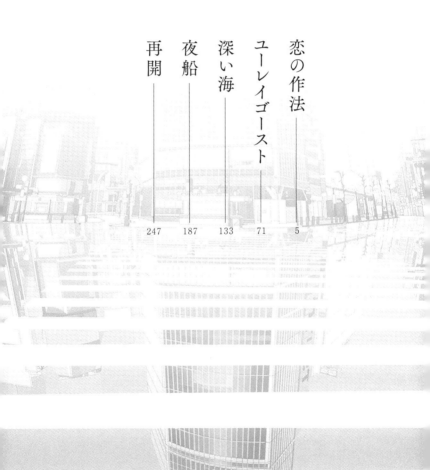

恋の作法

1

「これじゃあまだメジャーデビューは厳しいかな」

　上司の黒田《くろだ》からそのセリフを聞くのは、今年に入ってから三回目だった。そして、この後に言われることもわかっている。

「今はさ、もっとわかりやすい強みがないと売れないよ。例えば、曲書いてる子にボカロPをやらせてみるとか。そういうところで数字があればいいんだけどな」

「今から、ボカロPをですか」

　ボカロPとはボーカロイドソフトを用いて楽曲制作をするアーティストで、最近では彼らと人間のボーカリストを組ませてユニットを作るのがはやっている。

「それか、今いい感じのボカロPをメンバーに入れるでもいいし。渋谷《しぶや》ももう入社してしばらく経つんだから色々考えていかないと」

「はあ」


　今の絶対思いつきで言ってますよね。という言葉を飲み込んで壁にかかっている時計を見る。次の会議までもうすぐだが、黒田はこのまま話を続けるつもりなのだろうか。

　わたし、渋谷かえでが、都内の女子大を卒業してから、メジャーレコード会社であるSレーベルスに職を得て五年が経った。音楽シーンは日々変化しているがそれを売り出すレコード会社の考え方にはずっと変わらない部分がある。当たり前といえば当たり前なことだけれど、「売れそうなものを売る」ということだ。

異論はないし、過去の名盤を取り扱ってきたという点でも、メジャーレコード会社の存在意義はそれなりに理解しているつもりではある。ただ、この一年間デビューの可能性がないか考え続けていた新人バンドについてのダメ出しを、会議の度に聞かせられて、正直この会社では新しいことは何もやれないんじゃないか、という定番この上ない悩みを抱えていた。

そしてまた「きっとどの会社だってそんなもんだろう」というこれまた誰でも使っていそうな言葉で態勢を立て直す。

黒田は、思いつきのような自分の先ほどの発言をもう忘れたのか次の話に入っていた。

「渋谷もさ、もう少し色々経験してみるのもいいと思うよ。まだまだ狭い範囲でしかアーティストを見てないだろうし、バンド以外にももっと売れる音楽家を探しにいかないと」

黒田はそう言いながら、何かの資料を取り出した。

「なんですか？」

「いや、まあなんだ……その、経験も兼ねてちょっと頼みたいことがあってさ」

新人バンドのプレゼンはまた来月か、と思いながら戦略をいったん頭の隅において、黒田の話に集中する。制作は、少なくとも数組のアーティストを同時に担当するわけで、ある程度は気持ちを切り替える能力が必要だ。

矢継ぎ早にされた黒田の説明をまとめるとこういうことらしい。

黒田を通して、洋楽担当から依頼がきた。二十五年ぶりに出る米国出身歌手・グロリアの新譜、そのカバーをわたしたちのいる邦楽部のアーティストのシングル曲としてリリースしたいという。彼女は欧米で、すでにレジェンドといえるアーティストだが、日本でも五十代以上を中心に未だに人気があり、若い世代でも顔と曲は知っているという人が多い。

洋楽アーティストのカバーは、邦楽部側のレーベルや事務所からのオファーで成立することがほとんどなので、洋楽部側から直接依頼があるというのは珍しいパターンに思える。楽曲の制作は、向こうで行われたトラックを使用するだけなので、カバーと言ってもこちらが用意するのはシンガーと、日本語訳詞だけだ。

「訳詞でのカバーっていうのも今時めずらしいですね」

「たしかに最近はほとんど聞かないな。洋楽のカバーでも、そのまま英詞で歌うアーティストのほうが多い。まあ今回はグロリアも二十五年ぶりの新曲だ。彼女の全盛期には、まだよくこういう翻訳の歌詞があったんだよ」

二十五年前ならグロリアの日本語でのカバー盤は何枚もリリースされていた。曲によってカバーするアーティストは違ったもののSレーベルスの担当と、日本語訳詞を担当する作詞家はずっと同じ人間だった。

しかし担当だったSレーベルスの社員はすでに退職しており、後を引き継いだ黒田がその作詞家に二十五年ぶりに訳詞を頼みに行ったという。作詞家はすでに業界内で知らぬ人はいない大御所になっている。

「意外とあっさり受けてくれてね」

「あの大御所先生、最近新しくアーティストに歌詞を書いているイメージはないですね」

「まあ、今は作詞家に頼むよりはアーティスト本人が自分で歌詞を書くほうが、アーティスト性があるって思われる時代だからな。アイドルグループとかじゃない限りは」

「だからわたしは、アイドルの歌詞のほうが好きなんですかね」

思わず本音が出た。

アーティストが「自分の気持ちを綴った」という歌詞よりも、職業作詞家的な歌詞、特にこの大御所先生たちが活躍した八〇年代や九〇年代の楽曲のほうが、わたしは何度も繰り返して聴いていられる。二〇〇〇年代以降の音圧に疲れてしまうということもあるかもしれないが、彼らの人生観を無理やり押し付けるような歌詞にも、圧を感じているのかもしれない。

自分が大学生だった頃、バンドのライブばかりを追ってライブハウスに通っていた時には、押し付けがましい印象を歌詞からあまり感じなかった。今と違ってわたしは多分、当時彼らが書く歌詞を彼らの人生と照らし合わせて、それをまた自分の生活に投影できていたのだろう。

例えば下北系と呼ばれていた音楽に、一人暮らしを始めた頃のわたしは共感できていた。彼らは悲恋や人生訓、そしてもちろんより大きな世界での成功や期待を歌詞に描かないように思えたのだ。

なぜならそれらは彼らの生活に存在しないからだ。四畳半の部屋で、いつも自分の好きなものを追求している、という世界が、彼らの描きたい世界であり、そして実際に彼らが住んでいる世界だった。

わたしは自分がそんな世界に——当時よく言われていた言い方でいえばサブカルチャーの世界に——生きていることに、彼らと同じくある種の優越感を覚えていたようにも思う。でも、それは仕事として音楽を作る立場になった時、単なる幻想にすぎないということもわかった。

わたしは多分、音楽が好きだったというよりも、自分だけが知っているような曲があること、あるいはそんな曲を知っている自分が好きだっただけなのだ。


「ディレクターやるようになってから、職業作詞家に依頼したことは一度でもある？」

「いえ、そう言われてみるとたしかにないです。作曲家の方がそのまま詞を書くとか、あとはアーティストが書いたものばかり担当してます」

しかし別に不満があったわけではない。

「わたしは宣伝やディレクターとしても、まだほとんどアシスタント業務しかしてないので、基本的にはできてきたものを、その後どうするかってことしか経験してません」

職業作詞家が書いた歌詞というのは、特別に当人の思いを綴ったということではなくて、あくまで作詞家がシンガーに歌わせるべきだと感じたことを書いているだけだと思える。

もっといえば昔だったら「歌は世につれ」の考えで、世相を歌ったものも多かっただろう。

どんな作詞家に頼んで、どんなアーティストに歌わせて、と自分ですべてを考える仕事もやってみたいという気持ちと、まだ難しいのではないかという怖さの両方がある。

「できたものをしっかり売るというのも大事な仕事だよ」

「はあ……それで、その訳詞はどうなったんですか？」

「出来上がってきた訳詞を本国に送ったら、NGがきた。しかも二回連続で」

「え？　そんなことあるんですか？　向こうに日本語がわかる人がいるってことですか？」

わたしは純粋な疑問を口にしていた。歌詞に関しては、例えばアーティストの意向やタイアップの関係でやり直しがあることが多いとは聞くが、それはある意味では歌詞が「音楽の専門家でなくても内容がわかる」からだ。

例えばある節のコードを変えたいとか、楽器をどうしたいとか、楽曲の細かいことは専門的知識がないと話しづらい。しかし「言葉」に関して言えば、その言語を使えれば誰でも良し悪しについて語ることができる気がしてしまう。だから、世の中のリスナーたちは歌詞について語りたがってもいる。

歌詞についての批評ができるのも、使われている言葉、言語を受け取り手たちが共有しているからだ。わたしたちで言えば日本語として皆がテキストを理解しているからこそ、歌詞について皆が語ることができる。実際のところわたしも歌詞についてならば、アーティストに対しても意見を述べることができる気がしてしまうし、曲を売るためにもやるべきだという気がする。

しかし、今回はそもそもが他の言語で書かれた歌詞なのである。日本語で書かれた訳詞の、歌詞としての良し悪しを海外のレーベルで簡単に議論できるはずもない。

「理由はわからないんだけど、今回の『manner』という曲は、グロリアの実の娘が歌詞を書いているらしい。で、その本人からNGが来ているんじゃないかというのが洋楽担当の話。日本語が読めるのかどうかはわからない。確認できるような雰囲気ではないし」

「娘さんが？　それもまた珍しいパターンですね」

「いや、向こうじゃよくあることらしいよ」

本当にそうなのか？　とは思ったが日本のように親の七光でアーティストを名乗っている二世タレントよりは、創作にコミットしている点でずっとましかもしれない。わたしは幸いそんなタレントと仕事をしたことはなかったが。

「それで、渋谷は大学は英文系だったよな？」

「はい？　えっと、まあ厳密には英文科ではないですが、似たようなところです」

「実はもう作詞家の先生も音《ね》をあげちゃって、今じゃ俺もだいぶ参ってるんだ。それでなんだけど……」

「え、わたしが担当を引き継ぐってことですか？」

「いや。とりあえず、これの何がまずいのかちょっと考えて、知恵を貸してほしいんだよ。やっぱり女性の意見もあったほうがいいだろう？　向こうからはただ単にNGということしか言われないから、どう進めていいのかわからなくて。先生だって、今まで訳詞をやってNGが来ることはなかったから困ってるみたいでね」

ひとまず、上司に言われた以上は引き受けるしかないだろう。

デスクに戻ると、『manner』のデモ音源をパソコンで再生しながら、プリントアウトした歌詞に目を通す。

まず少なくとも訳詞と元の詞を見比べた限りでは、大きな問題は見当たらないように思えた。『manner』はラブソングだ。ラブソングでない曲、というのは実に少ないから当たり前にも思えるけれど、グロリアの過去のヒット曲（本当の意味での「ヒット曲」が何曲もある）を見る限りでも、そのすべてがラブソングである。作詞は、本人名義で行っているものが多かった。

これまでの歌詞をしっかりと見たことがなかったけれど、改めて注意を向けると心が揺れ動く恋模様というよりは、力強く一人への恋や愛を歌うものがほとんどだ。自分が持っているグロリアのイメージともぴったり重なる。

その意味でも当時からのプロモーションが、一貫していたと言えるのかもしれない。今、二十五年の時を経て娘が歌詞を引き継いでいるというストーリーも、それなりに受け入れやすいものに思えた。

これまでの歌詞の愛の対象は、娘の父親のことなのだろうか、あるいは娘への愛かもしれないと受け取れる曲もある。英詞のすべての意味がわかるわけではないが、それほど文法的に難しいものもないし、スラングで意味がとりづらい語もほとんどない。

それに比べると娘が書いたという『manner』の歌詞は少し雰囲気が違う。まずラブソングであることはたしかだが、一人への強い愛を表現する内容ではないように思えた。むしろどちらかといえば、簡単には相手からの愛情が返ってこない現状を嘆いているもののようだ。

それでいて、相手を愛さずにはいられない、愛情を期待せずにはいられない、という様子で、だからこれは親子、つまり子供から親を見た曲なんじゃないか。そうした考えも上司にぶつけたが、訳詞の大先生も検討したことらしい。

今までにないタイプの仕事を任されたことは、やはり嬉しかった。最近は休みもほとんどないくらい忙しい日々ではあったが、誰かがあらかじめ決めた、いわばルーティンの中での仕事ばかりだった。訳詞ならば大学で勉強したことが活かせるし、何よりこの仕事をやっているのは、世界中で今自分一人だろうという高揚感もある。

自分にしかできない、という仕事を音楽の世界の中で見つけることができたら、それはどれだけ喜ばしいことだろうか。

2

会社のある市谷《いちがや》から、東京メトロ南北線に乗る。市ケ谷駅を通っている路線の中でJRや都営線を使うことはあっても、南北線を使う機会はあまりなかった。

いざ東大前駅に着いてみると、駅から目的の校舎までは結構な距離があった。大学の名前が駅名に入っているから、キャンパスも駅のすぐそばだろうと特に調べずに電車に乗って来たが、結局十分ほど、学校から出ていく学生の流れと反対向きに歩くことになった。

東大には一度、学生時代に学校祭に来たことがあった。その時は人が溢れていて、門に入ってからも目的地までかなり時間がかかった記憶があったが、今日の構内は学生たちがまばらに歩いているくらいだ。

道の両側の銀杏《いちょう》は既にほとんどが黄色く色づいている。もうじきこの道路も落ちた葉でいっぱいになるだろう。わたしはまだそれほど多くない落葉の一枚を踏んで、その音をたしかめた。

学生の頃ゼミの担当教官だった佐倉《さくら》先生は、二年前に東大に移ったという。卒業後はFacebookを通じて近況を知るくらいだったが、訳詞について相談をしたいとメッセージを送ったら、今日なら時間がとれると快く応じてくれた。

佐倉先生は哲学科に所属しており、ゼミは英米系の哲学書を読むという内容だった。

わたしがゼミ生だったときは、英訳されたウィトゲンシュタインを読んだ。先生は当時三十代前半で、まだ准教授になりたて、それもかなり早くにポストについたこともあって随分とやる気があったのだろう。必修で何かゼミに一つは入らなければいけない中で、しっかりと英語の文献を読まされるこのゼミはあまり人気がなかったように思う。

しかも、先生は原語のドイツ語にも触れながら読むので、最後までちゃんと出席し続けた学生は五人しかおらず、辛かったゼミを乗り切った同期のゼミ生たちは交流が深くなり、卒業後も付き合いが続いている。

ここが有名な赤門か、などと思いながら入り口をくぐり、地図(地図が必要なほどに広いキャンパスだった)に従って文学部棟に向かう。

文学部の入り口近くにあった事務室の、いかにも仕事のできそうな若い女性に声をかけて、指示された通りに建物の二階を目指した。名前も特に聞かれなかったが、セキュリティはそんなものなのだろうか。

事務室の横の階段を登ったすぐ目の前が持ち合わせ場所の教室だった。といっても、各教員ごとに部屋が割り振られているわけではなく、哲学科の研究室ということで先生や学生が共用で使っているらしい。ノックをすると懐かしい声が聞こえて、ドアを開けると目の前のソファに佐倉先生が座っていた。

「久しぶりだね」

「お久しぶりです。先生。お変わりないですね」

「そう? 大学が変わったよ」

「もう二年ですか、こちらに来て」

「僕はここの出身だから、帰ってきたという感じだね。さて早速だけど、地下の食堂に移動しようか。この後ここは、別の先生のゼミがあるんだ。前の学校と違って、教官それぞれに部屋が与えられていなくてね、申し訳ない」

「そういうものなんですね」

大学時代にゼミをやっていた佐倉先生の部屋は、私物なのか備品なのか判別のつかない大量の本やプリントで溢れていた。もし私物だったとしたら、あの本たちは個別の部屋がないという今、どこにいってしまったのだろう。

「ここは昔からずっと職員に優しくないからね」

そう言いながら、佐倉先生は横にかけていた紺のジャケットをさっと持って、部屋を出た。

以前もこんな服を着ていた気がする。立ち上がった先生の姿を見てそう思った。当時は大学の先生というのは、なんでみんな絶妙に時代遅れな服装をしているのだろうと疑問だったが、単純にただずっと同じような格好をしているだけなのかもしれない。服装も見た目も、当時とまったく変化がないように思えた。

周りを見ると、三十代も半ばになれば、体型も随分ゆったりとしてくる人が多い。先生は、職場で見る同じ歳くらいの男性に比べても、痩せているように見える。

さきほど登ってきた階段を一緒に降りて、地下に向かう。学生も含めて誰でも使える食堂らしいが、昼時を過ぎた時間だったからか人はまばらだった。

「何か食べる？　って言っても学食なんだけどね」

「お昼食べてなかったので、ぜひ」

以前何かの雑誌に、東大の学食にいかにもな名前の有名なラーメンがあるという話が載っていたのを思い出して、それを頼もうかと考えたが、どうやらことは別の学食にあるものらしい。出身の女子大には食堂は一つしかなかったが、これだけ広い大学だと学部の数と同じくらいの学食があるようだ。

そのラーメンを食べに行きたいとわざわざ提案するほどでもなかったので、一番人気と書いてあったA定食を注文することにした。

食事中は、当時の同級生たちが今どんな仕事をしてるかを、佐倉先生に簡単に報告した。大学の先生たちが、学生の就職先に興味を持っているとも思えないが、少なくとも佐倉先生は全員のことをしっかり覚えているようだった。

「さて、一応データでは送ってもらったけど、もう一度見せてもらってもいいかな？」

「はい。こちらです」

印刷してきた原曲の歌詞と訳詞の第二稿を見せた。音源も聴けるようにと、いつも持ち歩いているMacBookも取り出す。お昼時を過ぎて周りにはほとんど人もいないし、ここで音を出しても大丈夫だろうと判断した。

「まず、訳としては、どうなんだろう。直訳はできているけれど」

「そうですよね」

「曲調と合ってるのか……それは僕にはわからないな。ざっと聴いてみたところでは、メロディに合っていない気はしないしね。まあもちろん、そんなことは君たちがすでに、何度も確認していることだろうけれども」

「はい。やっぱり曲調やメロディの問題ではないと思うんです。だとすると、訳として何か肝心なところを摑みきれてないのか、見落としているのか」

佐倉先生はそうだろうね、という様子で頷いた。

「これはラブソングだね。未だ叶わない恋を歌っている。でも悲観的という感じではない。メールにも書いてあったように、子から親へ、という観点でも読んでみたけれど、それだと冒頭の『最初からみんな違う世界にいる』という節が、早速矛盾するように思う。一応、親子愛であるという解釈は違うってことだったしね。そう考えると、これは何がまずいのかといえば、細かいニュアンスを落としているのか、そもそも大枠で例えばこれをラブソングとして読むこと自体が間違っているのか、どちらかだろうね」

そう言うと佐倉先生は少し考え込んだそぶりを見せた後、思いついたように口を開いた。

「歌詞といえば、あいつに聞いてみようか」

「え、誰ですか？」

「ちょっと歳の離れた僕の大学の後輩。知らないかな作詞家の、猫宮《ねこみや》って」

その名前はもちろん聞いたことがあった。時々Sレーベルスからリリースされるアーティストにも、歌詞を書いてもらっている作詞家だ。今ではめずらしい、いわゆる専業作詞家の一人らしいが、わたしの好きなアイドルグループのファン投票で必ず選ばれる（そしてわたし自身もいちばん好きな）曲を、作詞したことでも有名だった。

アーティストとして好きな対象はたくさんいても、作詞家を作詞家として好きな「ファン」というのはそれほど多くないだろう。

だが、わたしは少なくとも彼の作詞のファンなのではないかと思う。しかし、佐倉先生の後輩にあたるというのは知らなかった。

「僕と同じ哲学の出身で、当時は学年に関係なくゼミや読書会をやっていたから交流があったんだよね。あいつも哲学の研究者になるのかと思ったら、学生時代に作詞した何とかって曲が売れたらしくてね。のんびり本でも読みながら、たまに仕事するような生活がいいって、そのまま作詞家になっちゃった」

猫宮という作詞家の作品はそれなりに知っているつもりだったが、人となりについてはほとんど把握していない。

「それは、ちょっと羨ましいですね」

「そんな経緯《いきさつ》だから、しばらくは会ってなかったんだけどね。実は彼のその『のんびり本でも読みながら』って場所がこの大学の、裏側を少し歩いたところにあると、赴任後に知ったんだ。ということで、今から行ってみようか」

と言いながら、佐倉先生はおそらく猫宮がいる場所と思われる方向を指差したが、地下だったのでそれがどちらの方角にあたるのかわからない。

「え、今からですか？　でも、いいんですか」

「まあ、いいんじゃないかな。この辺りじゃ一番いい環境でレコードが聴けるから、僕は時々暇な時に遊びに行ってる」

「それで人が集まるとしたら、なかなか傍《はた》迷惑ですね」

「よし、僕はもうこのあと授業はないし、たまには後輩の顔を見るのもいいね。そういえばちょっと彼と話したいこともあったんだ、ちょうどよかった」
そう言うと、佐倉先生はもうトレーを持って立ち上がっている。わたしも一緒に返却口にトレーを返した後、そのまま後ろについていった。

大学キャンパスの裏口、附属病院のある側の出口から出てすぐ右に曲がり、しばらく道なりに歩いた。道中は佐倉先生と学生時代のちょっとした思い出を語りながら、猫宮についてもスマホで検索してみた。

Wikipediaで調べると、たしかに佐倉先生と同じ東大出身だとは書いてあったが、学科までは記載がない。下のほうに長々と記載された作品リストを見ると、彼の関わったほとんどの曲を自分が聴いたことがあると確認できた。

仕事柄、国内で発売されたメジャーな作品はできる限りチェックしているつもりだが、これで今から会っても問題なく話せるな、と嬉しくなった。

ぼんやりと、一応は道順を覚えようとしながら佐倉先生についていくと、十分ほど歩いたところで周りの建物よりも少し大きめのマンションが見えてくる。

その右手に門も何もない狭い小道があった。逆側には小さなアパートが一つあって、建物に挟まれたこの道には何も言われなかったら気づかないだろう。

小道を進んでいくと、あまり都会では見ない、いかにも自然に伸びてしまったという雑木林が道の両側に一瞬現れた。両側から伸びた枝がアーチのように道を覆ってしまっている。その枝のアーチをくぐり抜けた先、道の左側にあったマンションの裏に、コンクリートむき出しの平屋の建物がくっついている。入り口は一つしかないのだが、チャイムはどこにもない。

佐倉先生は二回ドアをノックすると、すぐに開けた。鍵はかかっていなかった。

「おじゃまします」

と言って入って行く佐倉先生のあとに、わたしも続いた。

「お、おじゃまします」

ドアを開けてすぐの空間は十畳くらいで、今入ってきたドアがある以外の部屋の三方は、さらに別の部屋が奥に続いているらしい。ドア以外は本棚で埋まっている。真ん中にはテーブルとソファが置かれていた。そこに黒いセーターに、黒いメガネ、ほとんどこれも黒に見えるけど上着よりは少し色が薄いパンツという、ほぼ黒ずくめの出で立ちの男がいた。

「ああ、佐倉さん」

「急に悪いね。大丈夫？」

「いいですよ。今日は珍しいな、お客さんふた組目です。ちょうどさっきそのひと組目が帰ったところで。えっとそちらは……」

男はわたしに目を向けて、入り口に近づいてくる。

「彼女は僕の前の大学での教え子で」

わたしは慌ててカバンから名刺を取り出す。男はその様子をチラッと見た。

「すいません、わたしこういうもので――」

「ああ、なんだ、レコード会社の方なんですね。へえ、佐倉さんのゼミにいたんですか」と言いながら、「渋谷かえで」と名の入った名刺を凝視している。

「はじめまして、猫宮です。作詞家をやっているんですけど、えっと——お会いするのは、初めてですよね？」

「はい。そうです。はじめまして、突然お伺いしてすいません」

「あ、いや、それはぜんぜん問題ないですよ。佐倉さんだって、大概そうやって来るんだから。ああ、ここ土足で大丈夫なのでそのまま入ってください」

猫宮は、入り口からそのまま動けずにいたわたしをソファのほうに促す。佐倉先生はもうすでにそちらに移動していた。

改めて部屋を見渡すと、本棚を埋めている本のほとんどが普段見かけないタイプの物のように見える。ハードカバーがほとんどで文庫はあまりない。小説ではなくて専門書だろうというのは、読み取ることができたいくつかのタイトルからなんとなく察した。

「で、どうしたんですか？　教え子と二人でこんな平日の昼下がりに、レコードでも聴きに来たってわけでもないんでしょ？」

そう言って猫宮は、反対側のソファに座った。わたしも腰を下ろす。

猫宮の姿はネットで調べて出てきた写真とほとんど変わらないが、少し痩せて見えた。調べた限りでは三十代のようだが、先ほど大学にいた学生たちと同じくらいの年齢だ、といっても通るだろう。

若い、というよりも歳をあまりとっていないというのが正確な表現に思える。重すぎる黒髪は、前髪が目を隠しそうなくらいに伸びている。服装も髪型もこだわりがなさそうだが、しかしきっとこれ以外は選ばないのだろう、と思わせる雰囲気があった。

3

右手側にある棚はレコードで埋まっているようだ。作曲家やアレンジャーの仕事場ならいざしらず、今まで作詞家の作業場に来たことはなかったが、普通こんなものなのだろうか。作詞というのは、特に何も機材がなくてもできそうな仕事だけに意外だった。もちろん、自分の仕事を考えても、あんなに大きな社屋が都心に必要なのだろうか、というのはいつも疑問だが。

「レコードもできれば後で聴かせてもらいたいところだけどね。それに、別件で僕から話したいこともある。でも、その前に今日はちょっと彼女の相談に乗ってくれないかな。とある洋楽の歌詞の日本語訳について、君の意見が聞けたらと思ってね」

「佐倉さんから仕事の話ですか。それはそれは」

猫宮は怪訝そうな顔をした。どうやら、佐倉先生は本当に、普段からここには遊びに来ているだけらしい。大学の先生というのは、自分が大学にいたときからそう思っていたが割と自由が多そうに見える。うちの会社にも暇そうな人たちはいるけれど、真っ昼間にこうやって外に出ることは他の勤め人なら考えられないだろう。

「先生はいつもここに、レコードを聴きに？」

猫宮は、佐倉先生のほうをちらっと見て笑った。

「そんなに頻繁《ひんぱん》にはいらっしゃらないですし、最初は研究の話なんかもしていたんですけどね。でも前回来たときには、ただレコードを聴いて帰っただけでしたね。たしかフェイゲンの『ナイトフライ』を、二人で色々聴き比べました」

猫宮が答えた。

「そうそう。あれはなかなか面白かった。結構好みが割れたね。僕は絶対にUSオリジナルがいいと思ったけど……なんて、今日はその話はいいんだ。実は、彼女が関わっている訳詞の仕事でなかなか向こうのアーティスト側のOKが出ないから、理由を考えたけれど、いまいちわからないらしい」

佐倉先生が伝えると、猫宮はふむ、という感じで頷いて、

「訳詞ってことはもしかして――」と言いながら、壁にあったレコードから一つを抜き出した。

グロリアのもっとも売れたアルバムである。

「そうです！　でもどうしてわかったんですか？」

思わず声が出る。猫宮はこちらがアーティスト名を出す前から話の内容を察したらしい。

「いやそんなに難しいことではないんですけどね。最近、久々にグロリアの新作を作ってるって噂は聞いていたんで。訳詞でリリースするってだけなら、他のアーティストの可能性も考えられるけれど、さっき会社の名刺も見せてもらったから。でも……ということは訳詞を作って

いるのは、あの大先生でしょう？」

すらすらと答えた猫宮の推測はほとんど完璧に当たっていた。

「ほらね。いいヒント、教えてくれそうでしょう？」

佐倉先生が笑う。先生もなかなかに鋭い人だとは思っていたけれど、猫宮はそれ以上なのかもしれない。

「その通りです。でもその訳詞が難航してしまって」

先ほど大学で佐倉先生にも見せた、歌詞が書かれた二枚の紙を取り出した。

「猫宮は、グロリアってよく聴くの？」

佐倉先生が横目で紙を渡すわたしを見ながら聞いた。

「好きですよ。特にこのセカンドは」

と言うと、猫宮はレコードを取り出して部屋の隅に置いてあったターンテーブルに載せた。

針が落ちる独特な音のあと再生が始まり、Roland JUNO-106のシンセベースの印象的なフレーズから始まるイントロが流れてくる。

「このセカンドアルバムまでは全曲同じプロデューサーで、楽曲の雰囲気も統一されてます。歌詞もこのあたりまではちゃんと作詞家が入って書いてたんじゃないですかね。本人ってことになってますけど、プロデューサーか、その周りの誰かでしょうね。音のハマりも良い。これをそのままカバーした日本語盤も結構売れたんじゃないですか。大先生の訳詞も良くできてますよ」

「しかし考えてみると訳詞というのは、単に日本語訳というよりは、同じメロディに『同じテーマ』で二人の作詞家が書いているようにも思えるね」

それはわたしも思っていたことではある。もし、意味なのか語感なのか、詞を書く際にどちらかを優先することになったとしても、文章の翻訳ならば優先されるのは意味だろうが、音楽であれば語感である可能性が高い。その場合「言葉の意味」そのものは、訳詞者によって作られているともいえる。

「たしかにそうですね。メロディと歌詞の唯一絶対的な組み合わせ、というのは音楽を作ることに関わる者としてはある程度信じたいですけど、現実的に考えればありえない。当然、そのメロディに別の歌詞がつく可能性は常にあるわけです。訳詞をする場合も新たな詞を、もう一度メロディにあてるという行為が行われていると考えたほうが自然ですね」

「たとえそれが詞を訳すということであっても、関わる人間が変わればなんらかの意味で必ず元とは違うものが生まれるということか。それはたしかにそうだし、そう考えると尚更訳詞にNGが出るというのも変な話に思えてくるけれども」

「間違いないですね」

わたしも猫宮の話を聞いて、全く同じ意見だった。

わたしたちをここのところずっと悩ませている問題には、猫宮もすぐには答えが出せないようで、しばらく沈黙があった。

「そういえば作曲に関して、ひとつ猫宮に聞きたいことがあるんだ。今回この訳詞のことを相談されたときに思い出したことなのだけど」

沈黙に耐えかねたのか、佐倉先生が切り出した。

「なんですか？」

「話が逸れてしまって、渋谷さんには申し訳ない。でも、まったく関係ないことでもないかもしれないし、ある意味ではさっき猫宮が説明してくれたことには当てはまらない曲の作られ方があるのかもしれないと思うんだ。何かヒントになるかもしれないし、良いかな？　本当に変な話なんだけどね」

佐倉先生はそう言ってわたしのほうを見た。この二人が普段どんなことを話しているのか、それなりに興味もある。わたしは「構いませんよ」というジェスチャーで少し頭を下げた。

「ありがとう。簡単に言えば二人の人間が、別々に同じ曲を作ってしまう、ということはあるのかって話なんだけど」

佐倉先生は少し気まずそうな顔をして言った。それは話が逸れていくこと以上に、解釈しづらい変な話を持ち出している、という実感からだろう。

「別々の人間が作った曲が、かなり似ている、ということですか？」

猫宮がすぐに質問する。

「まあ基本的にはそういうことなんだけどね」

「それなら、たくさんありますよ。メロディだけで言えば、似ている曲の組み合わせというのはかなりあります。大半は、意識しているしていないは別として先に作られたほうを、後のほうがトレースしてしまっただけだと思いますけど」

「つまり有り体に言えばパクリってことだろう？」

「そうです。でも悪意なくってことは本当にあるんですよ。メロディが頭の中に刷り込まれていて、作った時に思わず出てきてしまうなんて例はよくあります。本人だけではなかなか気づきづらいもので、それこそプロの現場だったら制作の進行中に誰かが気づいて、このままだとパクリになってしまうということで直すこともありますよ。ねえ？」

猫宮はわたしに意見を求めた。

「たしかに、ない話ではないですね」

自分の経験にはなかったが、先輩から似た話を聞いたことがある。そもそも毎日たくさんの曲を聴いていれば、この曲はどこかで聴いたことがある気がする、と感じることはよくある。それでも、同じ曲だとまでは思わないが。

「あとはどうしても、音楽的に、かなり似たメロディになってしまうってパターンもあります。例えば去年大ヒットしたシンガーソングライターの曲が、二十年ほど前に発売されたゲーム音楽にメロディが似てるってことで話題になりました」

「へえ、そんなことが？」

「聴いてみます？」

猫宮はテーブルの端に置いてあったMacBookを引き寄せて広げ、YouTubeとiTunesをそれぞれ起動させた。レコードを聴いている回線から、スピーカーセレクターで切り替えて例のヒット曲を流し始める。

「そして次がゲーム音楽です」

九〇年代終わり頃、という趣のシンセサウンドのリード音が響いた。ゲームの容量的にも、こういったサウンド感が当時は多かったように思う。そして、たしかにメロディは似ている気がする。

「似ているね。素人感覚だけども。でも同じ曲、というほどではないかな」

佐倉先生が答える。

「そうですね。ただ、サビ部分のコード進行を使うとおそらく誰が書いても、このテンポ感ならある程度近いメロディの流れになると思うんですよ。僕は作曲家ではないですが、それが一番自然というか」

「でも猫宮、それはそもそも、そのコード進行を選択している、という時点である程度意図的なものだって言えるんじゃないのか？」

「それは否定できません。だけど、そもそもコード進行というのはそれこそパターンがいくつもあるわけじゃないんです。もちろん細かく言い出せば、様々な要素がありますが、この二つの曲と同じコード進行の曲なんて世の中に、ここ十年の日本の曲だけに絞ったって数え切れないくらいありますよ、だから――」

猫宮は一呼吸を置いて、佐倉先生に向き直った。

「この場合に二曲を差別化するのは誰がどのように歌って、演奏しているのか。あとは歌詞ですね。有名になりすぎて、スーパーで流れてそうなインスト音源なんかもたくさん作られちゃったから、ゲーム音楽と同じような音質の音源になってしまって二曲が比較される場が多くなってしまったのも災難でした。たぶんここまで有名ではない曲で、このゲーム音楽に似てる曲は他にもあるんじゃないかなと思うんです」

「なるほどね。つまりその差を生み出すのが猫宮たちの仕事だと」

「そうとも言えます。だから別々の二人が、それこそ同じ曲といえるものを作ることがあるかどうかでいえば、僕ら作詞家がいる限りはありえないんですよ」

猫宮の解説を聞いて、佐倉先生はさらに難しげな顔つきになった。

「それじゃあ、歌詞もメロディも同じ曲、それを偶然二人の人間が作ってしまうということは」

「それはありません」

猫宮が断言した。「確率的にゼロでないというだけで、現実にはありません」

「しかしあるんだよ」

「誰の曲ですか」

佐倉先生が、今日一番困惑した表情で言った。

「僕の」

4

蜂谷《はちや》輪廻《りんね》は知っているよね、と佐倉先生はわたしに確認する。自分の話になってしまってすまない、とも付け加えながら、わたしの回答を待った。

「もちろんです。今、うちの会社で一番の売れっ子ですから」

蜂谷輪廻は、元々動画投稿サイトでボーカロイドを使った音楽を投稿し、いわゆるボカロPとして活動していた。ボーカロイド黎明期から定期的に楽曲をアップしていたが、活動開始から三年目に、とある曲が動画サイトで初めて百万回再生を突破。そして、今から五年ほど前には蜂谷輪廻名義で、自身もシンガーソングライターとしてデビュー。デビュー後もメディアでの顔出しは少なかったが、今年の年末には初のテレビ出演として紅白歌合戦の出演が決まり、相当ニュースになった。

そういえば、その裏で会社の先輩たちがかなり動いた、という話を聞かされていた。本人は、滅多に人前に出たがらない。ライブも基本的にはないし、テレビ番組に出るなんてありえないということで、レコード会社にとってはなかなかに「面倒な」アーティストなのだ。

しかし、それでもSレーベルスへの貢献度は絶大で、また影響力も大きい。会社としても、さすがに「紅白」を断るわけにはいかず、調整に難儀したというわけだった。

「今年の紅白にも出るって、盛り上がっているみたいだね」

「はい。でも、今の人気に対して、曲のリリース数は少し大人しいですね。今年は配信で三曲出したくらいです。会社としては、やきもきしていると思います」

新曲があればあったで忙殺されるし、何もなければ今度は売上に問題が出る。アーティストを扱うレコード会社は常にこの問題を抱えている。特に蜂谷輪廻に関しては、その傾向が強いかもしれない。

彼は、アーティストとしては遅咲きだといえるだろう。二十代前半に上京して、当時バンドブーム全盛だった下北沢などを中心に、バンドの鍵盤と作曲担当として活動していたらしい。「らしい」というのは本人があまり当時のことを語りたがらないし、そのバンド時代も資料が残るほど成功はしなかったからだ。

ただ、当時共演し、後にブレイクしたバンドや友人たちの話などによると、蜂谷輪廻のバンドはいわば「大人に騙された」形になったという。大人、というのはここではわたしたち「レコード会社」のことだ。

その頃はバンド界隈のセールスも今以上に大きく、各レコード会社は見込みがあるバンドをどんどん青田買いするようになっていた。育成のための契約はするものの、いつまで経ってもデビューができない。バイトと借金をしながらのバンド生活は数年続き、そうこうしている間に自分たちがデビューのために温めていた楽曲が、担当していた新人発掘担当の手によって別の新人シンガーの楽曲として使われてしまった。

担当は「これがヒットしたら、バンドのデビューへの足がかりにもなる」と言ったが、結局そのシンガーも鳴かず飛ばずで、勝手に楽曲を使ったにもかかわらず、担当者は売れなかった責任を蜂谷輪廻たちに押しつけていつの間にか別の部署に消えていった。

蜂谷輪廻はその後バンドを諦め就職し、会社員をしながらボカロPとしてブレイクした。今度は各社から契約を持ちかけられるような存在になったが、かつて自分を裏切ったその会社とだけは絶対に契約をしない、と名指しで拒否したらしい。Sレーベルスはある意味そのおこぼれにあずかったわけだ。

蜂谷輪廻の曲は、正直どのレコード会社から出たとしても十分に売れただろう、とは思う。それでも、一応Sレーベルスへの信頼はそれなりにあるらしく、いまだに契約は続いているし、他社に移るという話は聞いたことがない。

今では正真正銘の超売れっ子である。こんなアーティストを担当してみたい、という気持ちもなくはないが、もしできることなら自分で発見した上で担当して、ここまでの存在になったとしたら、それが一番喜ばしいだろうとは思う。

「今年の春に出た曲なのだけど」

佐倉先生が思い出すようにゆっくりと話し始めた。

「タイトルはたしか、えっと……『恋の作法』っていったかな。たまたま論文を読もうと思って立ち寄った喫茶店にいたとき、この曲がBGMでかかってね。蜂谷輪廻という名前はさすがに知っていたけど、どんな曲を歌っているのかまでは詳しく知らなかった。本当に偶然聞こえてきたんだ」

佐倉先生がまだ喋っている途中に、猫宮はMacBookを操作してYouTubeにあがっているミュージックビデオを開いた。幸い広告は流れることなく、すぐに曲がスタートする。猫宮は小声で、蜂谷輪廻はサブスクに曲がないんですよね、と言った。

「そう、この曲。これで僕びっくりしちゃって」

作法は知らなかったの
年も好みも同じね
いつかそれでもいいよと
いえるかな

前奏はほんの少しで、すぐに冒頭の歌声が流れてきた。蜂谷輪廻の曲をすべて聴いて分析したことがあるわけではないが、この曲はボカロP時代の曲や、これまでリリースされた曲ともまた違ったイメージに思えた。

ボカロP時代に多かった難解な単語が多用された歌詞でもなく、一方で蜂谷輪廻名義でリリースしている曲の歌詞ほど、わかりやすい情景描写があるわけでもない。『恋の作法』はどこか抽象的すぎる歌詞であるというのが、そもそも最初に聴いたときのわたしの印象でもあった。

「猫宮さんは、この曲を聴いたことありましたか？」

わたしはふと思いついて、話を振ってみた。

「去年から蜂谷輪廻の曲は、聴かないでいるほうが難しいくらい、どこでもかかってますからね。貴女の会社に行ったときも、ロビーで待たされる間に聴きましたよ」

「それは、すいません……」

たしかに会社のロビーでは、リリースされたばかりの新曲のミュージックビデオが何度もループして流されている。そしてそれはSレーベルスの社員よりも、打ち合わせなどで来社したお客さんのほうが、待っている間に何度も見聞きすることになるのだろう。

二コーラス目のサビが終わり、間奏に入ったところで、もう一度佐倉先生が口を開いた。

「うん、やっぱりそうだ」

「どういうことですか？」

「一番、ていうのかな、繰り返しまでの部分は、僕が子供の頃に作った曲とそっくり一緒なんだよ。特に冒頭の歌詞とか」

「こんな歌詞を、子供の頃に書いたんですか？」

わたしは聞いたが、佐倉先生はそこは問題じゃない、と言わんばかりの顔でこちらを見た。

「というよりも、僕は小さい頃にこの曲を歌っていたんだ。実はさ、小さい頃はこれでもピアノを習っていたんだよ。先生が『この子は才能がある』なんてことを親に言ったもんだから、両親もその気になっちゃって。小学生くらいまではずいぶん熱心に通わされたな。僕はどちらかというと歌があるような音楽が好きで、クラシックを弾くよりもピアノを弾きながら歌ったり、というのが好きだったんだけどね」

「え、そうだったんですか？」

佐倉先生がピアノをやっていたというのは初耳だ。

子供の頃の習い事として、ピアノはそれほど珍しいものではないし、あえて周りに言うほどのことでもないだろう。わたしも小さい時にはピアノを少し習ったことはあった。例に漏れず、すぐにやめてしまったけれど、この仕事に就いた今思えばもっとちゃんと取り組んでおけばよかったと感じなくもない。

「うん、まあ親も最初は熱心にレッスンに行け行けと煩くて嫌だったんだけど、僕がやる気がないことに気づいてたのか、ある時から急に『行かなくていい』みたいなことを言いだしてね。それ以来、好きなことを続けたほうが周りは納得するんだなと気づいたよ。それで今は研究者なんてやってるわけだけど」

「じゃあそんな小さい時に、先生はこの曲をピアノで弾いて歌ってたってことなんですか？」

「あの頃は今でいうポップスを弾くのも好きだったけど、他にもいろんな曲を作って遊んでたんだよ。中には結構よくできた曲もあって、今も覚えている。両親はまったくポップスを聴かない人だったから、何も言わなかった。だから後で僕が作ったわけじゃないって気づく曲も、いっぱい混ざっていたけどね」

「それは、知らず知らずのうちに、どこかで聴いた曲を弾いてたってことですか？」

猫宮が口を挟んだ。

「まあそういうことだろうね。でも『恋の作法』、僕はたしかそれを『お作法』って名前で呼んでたと思うんだけど……これは、あとから曲を探しても見つからなかったんだ。当時は、歌本とかいって最新の曲の簡単な譜面が載っている雑誌を毎月立ち読みしてただけなんだけど、その中には少なくともなかった。それにネットが使えるようになってしばらくしてからも調べたさ。でも、どこにもなかったから、ああ、これは小さい頃僕が作った曲の一つだったんだなってことで、もう何年も存在すら忘れていたんだ」

「その曲が、蜂谷輪廻の曲としてリリースされていたと」

「そうだね」そういえば、と続けて佐倉先生はスマホを取り出した。「僕も気になってね。そこでYouTubeの蜂谷輪廻の動画を両親に送って『覚えてないか？』って訊いたんだ。そしたら、『これだけじゃあわからないけど、なんとなく記憶がある』って言うんだよ。クラシックしか聴かない、僕の両親が覚えているって言ったんだからなぁ」

「それじゃあ、少なくとも『恋の作法』に似た曲を小さい頃の佐倉先生が弾いたり、歌ったりしてたのは間違いないんですかね、でもだとすると……」

わたしは首をひねった。

ただ単に似た曲であれば、さきほど猫宮も言った通り、まったくありえない話でもない。

「蜂谷輪廻が、佐倉先生が子供のとき作った曲を、言い方は悪いですが、つまりパクったってことですか？」

佐倉先生は首をかしげた。

「いや、でもこの曲は何年も、それこそ子供の頃以来誰にも聴かせていないし、パクるも何もないと思うけど」

「それなら、たまたま、さっき話したコード進行とか、そういう偶然があって似たような内容になっちゃったってことですか？」

「いや、それはないよ。だって歌詞まで一緒なんだから」

それは不思議な話である。メロディやコードが似ることはあっても、歌詞と曲がセットでたまたま似ることはない。このことは通念としてあるし、猫宮の先ほどの話からも、作詞家を始め音楽の仕事をしている人全員が持っている確信だ。わたしにしても、曲を聴いて似ていると思う時に歌詞に対してまで同じ印象を持ったことは一度もなかった。

「佐倉さんは、その曲を『作法』と呼んでいたんですよね？」としばらく黙っていた猫宮は訊ね、立ち上がってレコードの棚を眺め始めた。何か考えているようだが、ただレコードを探しているだけにも見える。

「ああ、『お作法』ね」

「で、歌詞も一緒だと」

「そう」

うーん、と猫宮は口に出した。

「歌詞が一部だけ、似ることはありえます。このメロディなら、この言葉が来るだろうと歌詞のパターンが絞られることはありますから。例えば、冒頭の『作法』は僕でもこの出だしにしたいな、と思うくらいハマりがよいんです。だから、ここは偶然同じということはありえなくはない」

「そんな偶然あるんですか？」とわたしは途中で口を挟んで、しまったと思った。佐倉先生はわたしのほうを見て、そのまま話を聞け、というように目配せをしている。

「ないとは言えない、というくらいですよ。この曲のコード進行は、イントロから四度メジャーセブンス、三度メジャー、六度マイナーセブンス、五度マイナーセブンスの繰り返し。よくある、というか今となっては流行りのコード進行の曲です。これに関しては、コードアレンジのオリジナリティというのは議論するレベルのことではないですね。僕は絶対音感があるわけでもないし、コードの理屈に詳しいわけでもないので、何とも言えないけれど、蜂谷輪廻らしいボイシングがこの独特の雰囲気を作っているという気はします」

ですが、と言って猫宮はさらに続けた。

「そのあとの歌詞も同じになるっていうのは、偶然では考えられないですね。佐倉さん、やはりどこかでこの曲を聴いたか、あるいは佐倉さん自身がこれをどこかで歌ったんじゃないですか？」

「うーん……酔っ払ってカラオケに行った時のことまでは覚えてないからね」佐倉先生は笑った。

「もう一度、その曲を作った、と思われる時期のことを聞かせてもらってもいいですか？」

猫宮が訊くと、佐倉先生は曲を再生するように指示してから話し始めた。

猫宮の元にやって来た当初の目的はいつの間にか消え去って、わたしは自分の仕事である訳詞のことよりも、佐倉先生の子供時代に思いを馳せていた。

5

佐倉優作《ゆうさく》少年は、神戸市内の裕福な家庭に生まれた。一九八〇年代初め頃の話だ。少年の幼い頃はいわゆるバブル経済の真っ只中で、父親が営む不動産業は羽振りがよく、これほどの時代はそれまでも、これからも間違いなく訪れないだろう、と言われるほどだった。

実際に、少年が物心ついた頃には、もう上り調子の経済には陰りが見えていたのである。それでも父親は今となってはうまく売り抜けたほうだったようで、佐倉家が金銭的に困窮《こんきゅう》することはなかった。

佐倉家には、外国製のグランドピアノが置いてあり、四半期ごとに調律師が来ていた。父親はクラシック好きだが、楽器はまったくという人で、もっぱら音大卒の佐倉少年の母や子供たちにピアノを弾かせて喜んでいた。それに加えて子供の練習用のアップライトピアノが別に子供部屋にもあった。

四歳の頃から佐倉少年は、近所にあるピアノ教室に通わされることになった。五歳年上の姉も、同じ先生からピアノの指導を受けたあと、東京にある音楽系の専門コースがある高校に進み、そのまま海外の大学に進学して声楽を専攻した。

ピアノ教室の先生は、以前ポップスのグループのバックバンドを務めたこともあって、譜面通りにクラシックの楽曲を弾くだけの指導はしなかった。教え子のためにコード理論や、テレビで彼女が見た曲なんかもピアノで弾く方法を話してくれた。個人レッスンだったので、生徒の自主性を重んじた指導をしてくれたのだろう。それで佐倉少年は家のアップライトピアノや、父がいない時にはグランドピアノで好き勝手に自作曲を演奏しながら歌うようになった。

初めのうちは佐倉少年にとってピアノ教室は楽しいものだった。しかし、両親は基本的にピアノではクラシックを弾くようにと口を出すようになり、教室にいる間の一時間は先生が弾くクラシックを聴き、それを真似るということを繰り返すことになった。

まだ若い先生の教室は、彼女の実家だったらしい。一階のリビングを教室として使っていた。生徒はそんなに多くはなかったようで、いつも自分の前に女の子が一人。佐倉少年の後には誰もいないので、課題曲が弾けていないと頻繁にレッスンの時間が長引いた。

しかし家で練習をしないものだから、さすがに週に一回の教室では上手くならない。上手くならないと、結局まったく面白くなく余計に練習しなくなる。母親に言われて仕方なくピアノの前に座っても、好き勝手な曲はいくらでも出てくるのに、課題曲になると手が動かない。

だんだんと教室に行くのもいやになって、いつも先生の家の前で、まばらに通り過ぎていく高級車（当時はそれが高級車であることもわかっていなかったが）のナンバーを足していくだけの作業をしながら、十分くらい時間を潰すようになっていた。

そうすると、前の女の子のレッスンを終えて、自らピアノを弾いていた先生が見かねて外まで出てきて、そこから一時間を超えるレッスンが始まる。結果、帰るのも遅くなり、観たいテレビも観られなくなってしまうという、少年にとっては最悪の循環が起こるのだった。

そうして少年が十歳くらいになったある日、ちょうど姉が音楽系の高校への進学が決まった頃に状況が変わった。

もうすぐ東京に行くという話を突然聞かされて驚いていた頃、母親からもうピアノ教室には行かなくてよいと言われた。姉が音楽家としての道を進み始めたタイミングで、逆に特にクラシックに対してやる気を見せない佐倉少年に、両親の愛想が尽きたのかもしれない。

佐倉少年からすれば先生のことが嫌いだったわけではなかったが、やっかいな時間がなくなるのはありがたかった。

結局そのあとすぐに教室を辞めてから、家でピアノを弾くのはたまに好きな曲を好き勝手に弾いたり、自分の作った曲を弾いたりする時くらいになった。

「――姉が上京した後は、母もあまりピアノを弾かなくなり、父はもっぱらクラシックをレコードで聴くばかりになった。父はCDが気に入らないらしく、もう古くなったレコードプレイヤーを頻繁に専門家に修理してもらいながら大事に使っていたね。そのあと僕は、中学に入る頃には、本を読むほうが楽しくなってきてね。近くに大きな図書館があったから、中学校の図書館にはないようなサルトルの小説とか、フーコーの『狂気の歴史』とか、よくわからないままに読むようにもなったし」

佐倉先生は、おそらくかなり裕福な家に育ったのだろうな、とはゼミにいた頃から察していたので、その点は驚きではなかった。

だが、フーコーを中学生の頃から読むというのはどういうことだろうか。さすがに邦訳だろうが、それにしてもそんな同級生はわたしの周りにいなかったように思う。それとも自分が知らないだけで、教室の片隅にフランス現代思想を嗜むような生徒がいたのだろうか。

「それじゃあ、『恋の作法』を弾いていたのも、やっぱり中学生くらいってことなんですか？」とわたしは訊いた。「中学生が知っている言葉で、こんな歌詞書けるんですか。あ、でもまあサルトルを読むような中学生か」

「いや、残念ながら年齢でいえば、これはもっと前だと思う。十歳くらいの頃かな。たしかにね、今考えてもその頃に例えば作法なんて言葉を知っていたのかな、とは思うよ」

「意味はわからなくても、歌にはできますからね」と猫宮が口を挟む。

「どういうことですか？」

ああつまり、と言って猫宮はいつの間にか手に持っていたコーヒーカップを口にしてから、続きを答えた。

「例えば小さい頃、意味もわからずに歌っていた曲ってありませんか？　英語や、もっと別の言語で書かれた曲、それを語彙としては知らなくても歌うことはできる、ってことです」

「でも、知らない言葉は歌詞にできないですよね」

「それは、なんとも」と言って猫宮は佐倉先生のほうを見た。

「難しい問題です。ねえ、佐倉さん」

「うーん」

「え、どういうことですか？」

佐倉先生は猫宮を見て、自分が説明するのか、という様子でちょっと困った顔をした。

「つまりね、たぶん彼が言いたいのは『知ってる』ってことはそんな単純に定義できないってことだと思うんだけど」

猫宮は、それで合ってますよ、とでも言いたいのか佐倉先生に目配せをしている。自分で説明するのが面倒なのか、それともわたしにとっての恩師である佐倉先生からの説明のほうが、わかりやすいと思ったからなのかはわからないが、猫宮の表情は少し憎らしかった。

「例えば、『恋』というものを知っているとはどういうことか、なかなか説明できないだろう。でも恋の曲を書くことはできる。それは一つには『恋とはこういうものだ』ということを説明することが、文章によって、あるいは歌によって可能になるからだ。どこかで聞いた言葉を無理やり使って歌うことは、それこそただ歌うだけなら別にできないことじゃないからね」

「うーん、なんかわかったようなわからないような話ですね。でもじゃあ先生が、例えば『作法』という言葉の意味はわからないけど、それを使って歌詞を書いた可能性はあるってことなんですか？」

「理屈としては」

佐倉先生は笑ったあと、さらに続けた。

「まあでも理屈はそうだとしても、問題はそこじゃない。僕が歌っていた『お作法』がなぜ今になって、『恋の作法』なんてタイトルで、しかも蜂谷輪廻の曲として、出てきたのかってことだよ」

「そうですね」

そう同意したわたしを遮るように猫宮が、

「いや、問題はそこじゃない」

と少し笑いながら言った。

「え？」

「訳詞ですよ。それでここに来たんだから」

「あ、そうでした！」

話に夢中になってすっかり忘れていたが、来週には例の訳詞についての結論を、上司に提出しなければいけないのだ。

「あの……なんとか、引き受けていただけませんか。といっても、何をお願いしているのか自分でもよくわかってないのですが……とりあえずどうして『manner』が進まないのかだけでも知りたくて」

訳詞についての話を忘れていたのと、焦っているのとで、まくし立ててしまった。

「わかりました。そうですね、たぶんお力にはなれると思いますよ。それに今佐倉さんの話を聞いたこともきっと無駄にはならないと思います。ただ、ちょっとお願いしたいことがあるのですが――」

猫宮が出した条件は、佐倉先生の話に関するものだった。『恋の作法』について、これはこれでなかなか面白い問題だと思います、と猫宮は言った。

わたしに対して猫宮は、蜂谷輪廻についてネットには出ていないいくつかの情報を調べてくるように指示した。実際の年齢や出身地など。Sレーベルスのアーティストなので調べられないことはないし、いざとなれば担当者たちに聞くこともできる。

蜂谷輪廻の経歴を知ることが訳詞に繋がるとはとても思えないが、それでも今は猫宮の話を信じるのが最適なはずだ。会ったばかりの人間のことを信頼し始めているのに自分でも驚いたが、彼の言い回しにはなぜか説得力を感じる。それに佐倉先生の話は、わたしにとっても興味深い内容だった。

猫宮はさらに、蜂谷輪廻の担当スタッフについてもプロフィールを調べてくるように言った。

「どうしてスタッフまで？」と聞いたが、それには答えず、

「とにかく来週の火曜日、同じ時間にもう一度ここに来てください。訳詞もそれまでに準備します」と言って佐倉先生に向き直った。

「佐倉さん、その時間大丈夫ですか？」

「ああ、授業はその後だから、ここには来られるよ」

「なら、それまでにもう一度、ご両親に音源を確認してもらってください。今『恋の作法』のデータだけを取り出したので。ご両親はスマホは使えますか？」

「ああ、大丈夫だと思う。YouTubeはパソコンで見たんだと思うけどね」

「そうでしょうね。そしたら、オフラインで曲だけを聴けるようにしたんで、これを聴いてもらって、本当にこの曲を以前に聴いたことがあったか、もう一度確認してみてください」

「これは、YouTubeとは違う音源なの？」

「音質は違いますよ」

じゃあまた来週に、と言って猫宮は、もうこちらを振り返ることなく奥の部屋に入っていった。

6

訳詞について聞きに行ったつもりだが、思わぬ不思議な話を聞いてしまった。最近、人気のアーティストが発表した楽曲が、過去に自分が演奏したり歌ったりしていた自作曲とそっくりで歌詞まで同じだった、というのだ。この話が本当だとしたら、ただ偶然にそんなことが起こってしまったのだろうか。しかし、猫宮も言っていたとおり俄《にわ》かにそうは考えづらい。

結局スタジオからの帰り道、訳詞のことはいったん猫宮に任せたと割り切って、むしろ無関係だった『恋の作法』のことだけを考えて会社まで戻ることにした。

悩みがあっても、ある程度自分の意思で気持ちを切り替えられるこの性格は、レコード会社のスタッフに向いている、と昔上司に言われたことがあった。色々なアーティストを同時に担当しなければいけない以上は、たしかに必要な能力だろうと今では思う。

もちろんこの訳詞にしても、自分だけで解決できるならそれに越したことはないが、自分ができることはやったのだから、あとはプロに任せておくのが一番だろう。それに猫宮という作詞家がどんな答えを持ってくるのか、というのは純粋に楽しみだった。

湯島天神《ゆしまてんじん》の裏辺りから御茶ノ水《おちゃのみず》駅まで歩いて、今度はＪＲに乗る。次に猫宮のスタジオに来るときはこっちから来たほうが早いだろうとは思ったが、この辺りは坂が多く駅までの数回のアップダウンで少し疲れてしまった。幸いホームに来た総武線は空いていて、数駅だが座ることにした。

同じ曲ができたことが偶然でないとすれば、やはり一つの可能性は佐倉先生の勘違いだろう。デジャビュ、といえる感覚を持ったことは自分もある。音楽に関しても、新曲を耳にした時に、「この曲は以前に聴いたことがある」という感覚を覚えることは何度もあった。

さすがにそれを、自分が過去に作った曲だと感じたことはないが、そもそも自分は曲を作る人間ではないのだから当然のことだ。佐倉先生の場合は小さい頃によく作曲していたそうだから、その時の記憶と混乱してこの『恋の作法』も自分が作った、というようなデジャビュを感じてしまったのかもしれない。

単に今回のことが佐倉先生の勘違いだったとすると、先生の両親の発言と合わないことになってしまうが、もしかしたら猫宮はそれを確認するために、再度先生の両親に曲を聴いてもらうように言ったのではないだろうか。

そう考えれば、基本的に筋は通る。このあたりまで考えたところで、車窓越しに見慣れた釣り堀が見えて電車は市ケ谷駅のホームに入った。改札を抜けて歩みを進める。

そういえば、蜂谷輪廻の担当者の電話番号は知っていただろうか。上司に聞けば間違いなくわかるだろうけれど、その場合は訳詞の件をなんと説明するか考えないといけないな。そんなことを思いながら、会社までの坂をまた登った。


この業界には週末というのはあってないようなものだ。むしろ忙しいのが週末で、わたしはこの土日のどちらもライブの現場に出掛けることになっていた。昨日の土曜日は自分が大学生の頃、そして彼ら自身も大学生だった頃から応援しているアーティストの武道館公演だった。

彼らはSレーベルス所属ではないが、対バンライブなどで顔を合わすことも多く、仕事とプライベートの中間のような日と言えた。学生時代の彼らは、今日これから仕事で向かう予定のもっと小さな（といってもライブハウスとしてはそこそこのサイズ感の）ライブハウスを目標にしていた。それを考えると、彼らがメジャーデビューして、ついに武道館でライブというのは感慨深いものだった。

今日行われているのは、渋谷周辺エリアの会場をいくつも使ったサーキットイベントだ。幸いにもその会場のひとつに蜂谷輪廻を以前担当していた林《はやし》という、三つ年上の先輩が来るというので時間をもらうことができたのだ。

林は一年ほど前、蜂谷輪廻の担当を外れたらしい。せっかく蜂谷輪廻との信頼関係も生まれた時期になって、他社から来た制作が、ディレクターとして蜂谷輪廻の担当をすることになったという。そのため、彼にとって気持ちのいい異動ではなかったようだ。

後任の斉藤《さいとう》という男は以前の会社で、とある誰もが知るビッグアーティストを担当していたという。そして蜂谷本人とも個人的な交流があったということで、会社的にも相当期待されており担当を交代したというのだ。

しかし林からすると、彼のやり方はそのビッグアーティストを売った九〇年代なら「偶然」成立したかもしれないが、今時はありえないようなものだったらしい。たしかに当時は大きなタイアップを用意すればそのCDがどれだけ売れるか予想できたはずだ。なぜなら今と違ってヒットの指標が「CDの売上」しかなかったので、それを目指せばよかっただけなのだから。しかし、今の蜂谷輪廻の人気を支えているのは少なくともCDを買っている人だけではない。

それを上司に進言したら、結局林が別の新人の担当に異動することになった。たしかにうちの会社ではありそうなことだ。色々と鬱憤《うっぷん》が溜まっていたのか、あの人は他にも随分ひどい仕事の仕方をしてるらしいよ、と林は関係のない文句まで言い始めた。

要するに現在の担当は、その林が言うところの「九〇年代で思考が止まった」人であるらしいことがわかった。加えて猫宮に調べるように言われた蜂谷輪廻の出身地も回答を得られた。

猫宮からは、わかったらＬＩＮＥでいいので先に連絡してほしい、と言われていたため、その場でメッセージを入れておく。

――蜂谷輪廻は兵庫県出身で今三十五歳のようです。担当は一年前くらいに弊社に移ってきた斉藤という人間です。

すぐに既読がつき、猫宮からも返事が来た。

――その斉藤さんという人と蜂谷輪廻が普段どのように仕事をしているのか調べられませんか？

――今はわからないので、火曜までに上司に聞いておきます。

とだけ返事をして、その後はライブに集中することにした。

7

火曜日、最近新しくなった社員食堂で、今はスタジオの部署で働いている同期とランチをしてから、デスクには戻らずＪＲ市ケ谷駅に向かった。約束の時間より三十分くらい早く着きそうだったが、猫宮のスタジオに向かう。

猫宮は、先週会った時と同じ全身黒ずくめの格好をしていた。

「早かったですね」

「色々と、気になっちゃって」

訳詞について、今日まで何度か上司に確認をされたのだが、「もうすぐ目処がつくと思います。専門家にも相談しています」という言葉で一応納得はされたようだった。猫宮はプロの作詞家なので嘘を言っていることにはならないだろう。

「会社のほうはどうですか？」

「え？」

「例のシングル、切羽詰まってきているのでは？」

「ああ……訳詞のほうはそろそろなんとかなるって上司に説明してあります。確認さえできれば、その後はそれほど時間はかからないと思いますし」

「それは、ちょっと責任重大ですね」

猫宮は真顔で言った。しかしそれほど気負っているようには見えない。きっと何かしらの道筋は見えたのだろう、と妙にほっとしてきた。

「訳詞についても、佐倉先生が来てからお話しいただくのが良いですか？」

「そうですね。偶然というか、佐倉さんのある種の読み通りというか、例の曲の件とまったく別の話というわけでもなさそうなので」

「そうなんですか？」

「佐倉さんはあと二十分くらいで来ると思います。今のうちに、『恋の作法』をもう一回聴いておきましょう。アナログ盤もちょうど最近出ていたので、週末に頼んでおきました」と言って、猫宮はレコードプレイヤーをセッティングし始めた。

音質はたしかに違う気もするが、先週聴いて、今日も来る途中にスマホから聴いていた曲と同じイントロが流れ始める。

「ところでこの曲、実際どう思いますか？」

と、猫宮が訊いた。

「えっと……」

質問の意図がわからないままわたしが言い淀んでいると猫宮は、

「ネガティヴな評価は言いづらいでしょうけど、素直に聞かせてください」と促した。

わたしはこの曲に覚えていた奇妙な感覚について、思い切って話してみることにした。

「このAメロから、ちょっと不穏ですよね。拍の取り方というか。実はあの後、あらためてリリースされている蜂谷輪廻の曲をぜんぶ聴いてみたんですが、この『恋の作法』のような曲は他にない気がしました。他はもっとメロに対する歌詞の乗せ方が――なんていうかスムーズというか。決してこの『恋の作法』が悪いというわけではないんですけど、言葉のハマり方が不安定な気がします。だから、そう考えるとやっぱりこれは蜂谷輪廻が作った曲ではなくて、もしかして佐倉先生が作った曲なんじゃないかと……」

「たしかにJ‐POPでこのAメロは珍しいと思います。音節の数が、かなり変わっている。やはり普段制作の仕事をしているとそう感じますか？」

「そうですね。どちらかというと、詞に合わせて曲を作ったのかな、という気がしました」

「その通りだと思いますよ」

猫宮は言って、コーヒーでも飲みますか？　と提案した。曲は間奏から、最後のサビに入ろうとするところだった。楽器の音がほとんど消えて、蜂谷輪廻のシルキーでいて張り付くような声と、硬質な音色にも感じるピアノのコードだけが残る。

「アレンジはまあ今のＪ－ＰＯＰの典型的なスタイルですね。これを聴いただけでは正直誰の編曲なのかもわからないし、クレジットを見ても、誰が担当なのか書いていない。それどころか、実はこの曲、少なくとも僕が買ったアナログ盤や、Web上にはクレジットに誰の名前も載っていないんですよ」

　それには気づいていなかった。そもそもＣＤなどを制作していれば、クレジットを載せることは基本中の基本である。わたしも、今やＣＤを買う一番の楽しみはブックレットに載っている詳細なクレジットを読むことになっていた。

　歌詞などは後でweb上で調べることができるし、作詞者や作曲者も載ることは多いが、編曲者やエンジニア、スタジオの情報などを知ることができるのはブックレットくらいだ。

「会社の規定として、ある程度入れなきゃいけないはずなんですけど」

「アナログ盤は、Ｓレーベルスでない会社から出ているって可能性もまあ、あるのかな。一応レーベル名は同じのようだけど、そのあたりのルールは何かあるのかもしれないですね。しかしこれで、より僕の想像が間違っていないかな、という気がしてきました」

「猫宮さんは、どうして佐倉先生が子供の頃に作った曲――えっとまあ佐倉先生がそう思っているだけかもしれないですけど……それがこうやって蜂谷輪廻の『恋の作法』として出たのか、もうわかっているんですか？」

「わかっていると思います」猫宮は当たり前のように答えた。

「そういえば、蜂谷輪廻のレーベル担当のことは調べてもらえましたか？」

それは昨日上司に聞いていた。訳詞の進捗ももちろん確認されたが、そのためにも必要な情報なんですと伝えると、不思議そうな顔をしながらも「進んでいるならいいのだけど」と言って上司は色々と蜂谷輪廻について知っていることを教えてくれた。基本的に自分は周りの人間に恵まれている、と思う。

「担当は、ＬＩＮＥでお知らせしたとおり一年前くらいに変わっています。他社からきた斉藤という者です。もちろん、この『恋の作法』も担当しています。ただ、わたしの上司が言うには、蜂谷輪廻は基本的にすべて自宅スタジオでレコーディングやミックスまで済ませてしまって、ディレクターと会う機会もほとんどないみたいです。ディレクターは、あがってくる曲の中から今後出す物を考えるだけだとか。それであれだけの曲が出てくるんなら、楽といえば楽でいいですけど、そんな仕事やってて楽しいんですかね？」

思わず最近会社の一部のスタッフに対して思っていた本音が出てしまう。

「なるほど」

猫宮はレコードプレイヤーを止め、またスピーカーの入力をＰＣに切り替える。今度はYouTubeから『恋の作法』のミュージックビデオを流した。

「僕は蜂谷輪廻さんに会ったことはないですけど、その気持ちはわかります」

「会わずに仕事になるならそのほうがいいってことですか？」

「いや、会いたくない人もいるってことです」

ここに映っているのが蜂谷輪廻さんですね。と言って猫宮は画面を指差した。わたしは一度だけ会社で本人を見たことがある。滅多にない機会で来社が話題になっていたのだ。もちろん自分が見た人が本当に本人なのか、その保証はどこにもない。

画面の中の蜂谷は光の当たり具合でそれほど見えやすいものではなかったが、たしかに会社で見た顔と一緒だった。

ちょうどそのとき、入り口のドアが開く音がして、佐倉先生が入って来た。先生も先週と同じような格好をしている。

「申し訳ない、遅くなってしまって」

「時間通りですよ」と猫宮がこちらを見ながら笑った。

「佐倉さんも、コーヒーでいいですか？」

先生が頷くと、猫宮は、

「佐倉さんも来たんでもう一回アナログのほうで『恋の作法』を聴きましょうか」と言ってまたレコードをかけ始めた。

佐倉先生がソファに腰をかけると、すぐに猫宮が話を切り出した。

「さて佐倉さん、ご両親に聞いていただけましたか」

「ああ、それが――」

佐倉先生はちょっと気まずそうな顔をした。

「聞いたんだけども……うーん、どういうことなんだろうか。うちの両親はＬＩＮＥとかメールとかやり取りを長くしたがらないのもあって、あまり詳しくは聞けてないんだ。やっぱり僕の勘違いだったのかな」

「どういうことですか？」

こんなにはっきりしない様子の佐倉先生を見たのは初めてだったので、驚いてわたしは聞いた。

「猫宮が用意してくれた音源、その曲は、覚えていないって」

「え？　じゃあ前、ご両親が記憶があるって言ってたのは」

「勘違いだったのかな」

佐倉先生が言うと、猫宮はスピーカーのボリュームをいじりながらこちらを向いた。

「いや、そういうことではないんです」

「というと？」

「佐倉さんのご両親は、YouTubeで蜂谷輪廻の『恋の作法』のミュージックビデオを見て、そこに映っている人に覚えがあったんですよ。曲のことではありません。つまり、蜂谷輪廻をかつて実際に見たことがあった。だから『なんとなく記憶がある』と話したんです」

「うちの両親が？　テレビとかで観たってことかな？」

「ご両親はテレビを普段観られるんですか？」

「テレビはまったく観ないことはないと思うけれど、音楽番組は観ないと思う。ＣＤも聴かないような人たちだし、今回も聴き方を説明してやっとスマホで音楽を聴いてくれたくらいだから。普段だってレコードじゃなきゃ音楽を聴こうともしないいんだ。それもほとんどがクラシック」

「蜂谷輪廻はテレビに出演したことがないんです」とわたしは言った。「少なくともうちの会社と契約してからは、年末の紅白が初めての予定です」

「うん。だから、佐倉さんのご両親は、もしこのミュージックビデオを以前に見てないんだとすれば、もっとずっと昔——子供の頃の蜂谷輪廻に会っているのだと思います。まあ、これはもう推測でしかないですけどね。きっと佐倉さんが通っていたピアノ教室に、蜂谷輪廻も通っていたんですよ。だからご両親にとってもそんなにはっきりした記憶というわけでもなく、でも覚えていなくもないくらいの記憶だった」

なるほど、それで蜂谷輪廻の出身地を確認していた、というわけだったのか。たしかに同じ兵庫県だということはわかっていたし、可能性はある。もし同じ教室に蜂谷輪廻が通っていたとしたら、年齢もそう離れてないはずだから、当時送り迎えなどで、佐倉先生の両親が、顔を見ている可能性がないわけではない。

それで、ミュージックビデオを見て面影があると思えるかはわからないが。

「僕はまったく覚えてないな」

「きっと忘れるようにしてたんですね」と猫宮が言った。「さて、それで『恋の作法』という曲ですけど、この曲を同じピアノ教室にいたであろう二人が知っている、ということが正しければ後はそんなに難しいことはありません。つまり曲ができたのはその時期です」

「なるほど。その時期にどちらかが『恋の作法』を弾いて歌っていたのを、もうどちらかが聴いた、ってことですか？　十歳くらいなら、どちらが作ったかなんてわからなくなっちゃうってことはありそうですけど……」

「その可能性もありますね。でも僕はおそらく、この曲を作ったのは佐倉さんでも、蜂谷輪廻でもなくて、お二人のピアノの先生だと思います。その方が作った曲が……」

「『恋の作法』なんですか？」

「はい。それに、曲ができた時にはこの歌詞の最初の部分はですね、本当は作法ではなくて、サッホー、だったと思うんです」

「サッホウ？」とわたしと佐倉先生が同時に発音した。とっさに漢字が思い浮かばなかったが、博識な佐倉先生も、どんな字を書くんだ、と問いただしたのでほっとした。

「そのままですよ。あるいはサッポーでもいいですけど」

「殺す方法で、殺法？」

「漢字じゃないです。そのままカタカナで」

「ああ」と言って佐倉先生は何やら納得したようだった。

「それは……もしそうだとしたらたしかに、十歳の僕には絶対に書けない。いやでも、ああ――なるほど」

「どういうことですか？　サッポーって？」

すると猫宮が佐倉先生から話を引き継いで、

「サッホーは、古代ギリシアの女詩人です」と答えた。

「人の名前なんですか？　じゃあ、佐倉先生にピアノを教えてた先生がサッホーと歌っていたのを、佐倉先生も、蜂谷輪廻も作法だって間違って覚えてたってことですか？　いや、でもなんでそれが正しいってわかるんでしょう。聞き間違いだったら、他にも可能性があるんじゃ」

「この曲の歌詞、ちょっと譜割が変わってるってさっきも言ってましたよね？」

たしかに、少し変わった歌詞の作りや文字数に思えたが、何か関係あるのだろうか。

「ええ。聴いたとき、他の曲に比べてそんな気が。それが？」

すると、猫宮はレコードに付属の歌詞カードを取り出して見せながら、

「この形は、サッホー詩体といわれる詩のスタイルなんです」と説明した。

「三行目までが十一音節、四行目が五音節でできている。文字だけ見ると、長音や短音の細かいところはわからないので、歌のメロディの中で聞くのと、実際の詩を読むのとでは違う形で受け取られてしまいますが」

「なるほど」と佐倉先生が言った。

「それで、サッホー、いや、今ならたぶんサッポーと呼ぶだろうけれど、猫宮はこの詩の形からそこにたどり着いたってわけか」

「はい。僕も、同じようにこの譜割は少し、ポップスの作りとしては変だなと最初に感じたんです。もちろん、ポップス的な作りをあえて無視した可能性はありますが、それにしては譜面

の新しさが、楽曲として生かされているとまでは言えないと思いました。蜂谷輪廻くらいのアーティストなら、そういうチャレンジをしたとしても、もっと高いレベルで昇華するんじゃないかなと考えたんです。であるならば、これを作ったのはポップス音楽的な完成度や新しさよりも、この歌詞の形を表現することに意味を見出した人なんじゃないか、と」

「でも、それじゃあこれはやっぱり僕が作ったんではなくて」

「はい。佐倉さんはサッポーをご存知ですか？」

「今は知っている。哲学研究者なら、名前くらいは聞いたことがあるんじゃないかな。僕の専門分野ではないけれど古代ギリシアの哲学は、研究者以外でも一通りは学ぶし、詩学というのは最重要テーマのひとつだからね」

「でも……」

「もちろん、十歳のときは知らないさ。これを弾いていたのはたしかだと思うけど、言葉を音として覚えていただけだろう。まあ今回はそれすらも勘違いしていたわけだけど、存在を知らないと書く意味がないようなサッポー詩型として僕が書く、ということはありえないね」

「やはり、この曲を書いたのは、佐倉さんの当時のピアノの先生です」と猫宮が断言した。

「蜂谷輪廻も、佐倉さんも当時ピアノの先生の演奏でこの曲を知ったんです。それを佐倉さんは、その後ピアノ教室に行かなくなったことで、自分の作った曲として記憶してしまったんですよ。佐倉さんがそれを耳にしたのは――」

「たぶん、教室に入るまでに先生の家の前で時間を潰していた十分間とか、その時だろうね。

今思えば、あの時は入るのがいやで色々考えながら曲を聴いていたから、勝手にインプットされてしまったのかもしれない。それはまあ、ありえるな」

「でも――」わたしは単純に疑問に思ったことを呟いた。「じゃあなぜ蜂谷輪廻は、この曲をリリースしたんですか？　彼もこの曲が自分の作ったものだって、勘違いしているってことなんですか？」

「佐倉さん、佐倉さんがピアノ教室を辞めたときに、もしかしてそのピアノの先生は教室を閉めてしまったんじゃないですか？」と猫宮が、わたしの疑問に答えないまま質問を続けた。

「ああ、それはあまり思い出せなかったんで、両親にも確認してもらったんだけど、実はそうだったらしい。たしかに、その後先生を見かけないなと思っていたけど、彼女は結局実家を手放してどこかに引っ越してしまったそうだよ」

「だからきっと蜂谷輪廻も、急にピアノ教室を離れざるを得なかったんじゃないでしょうか」

わたしは猫宮の推察を理解し始めていた。

「だとすると、蜂谷輪廻は先生に何か伝えたかったのかもしれませんね。今どき、人を捜すことは簡単になってきたとはいえ、ＳＮＳなんかを何もやっていないような人を見つけ出すとなると、難しいと思います。会えない人や今どこで何をしているかわからない人もたしかにいます。それでもピアノ教室の先生に何らかのメッセージを送りたくて、この曲を自分の曲としてリリースしたのかも」

「そういうことなんじゃないかと思います」

猫宮が横で頷いた。

「先生には届いたのかな？　まあ、まさか曲を聴いた別の生徒がいて、その男が自作曲と勘違いしているとは、蜂谷輪廻も思っていないだろうけども」

佐倉先生は、もう一度アナログレコードに入っていた歌詞カードをまじまじと読んでいた。

「いや、しかしなかなか面白い話だったよ。仮にこれが本当じゃなかったとしても、よくできた話だ。猫宮、ありがとう」

佐倉先生はすっかり疑問が解消した、といった表情で本当に猫宮に感謝しているようだった。すべてが信じられるような話ではなく、偶然の重なった展開だがたしかに筋は通っている。

「いえ」

「僕の昔話に付き合ってもらっちゃって、申し訳ないんだけど、実はこの後ゼミがあるからすぐに戻らないといけないんだ。いや、今日はありがとう」

「あ、わたしも一緒に」

「そういえば、訳詞の件はどうなったの？」

「あ！　すいません、その話を聞かせてもらってもいいですか？」

「もちろんです」

佐倉先生は、またここでみんなでゆっくりレコードでも聴きたいね、と言って笑顔で出て行った。

「すいません、訳詞のこと。こっちが本題だったのに」

「いや、大丈夫ですよ。それに、さっきも言ったようにまったく関係ないことでもないんです。そうそう、これどうぞ」

プリントされたA４の紙を渡される。

「これ訳詞、ですか？」

「はい、大先生のものを元に、僕が少し直してます。たぶん、大先生ならこれを見ればわかると思いますけど」

「えっと……」たしかに、見ると少しずつ表現が変わっていた。

「これは？」

「そういえば、渋谷さんはサッポーってご存知でした？」

内容について聞こうとしていたところを、また少し前の話に戻される。

「いえ、恥ずかしながら知らなかったです。ギリシアの詩人、でしたっけ？」

「古代ギリシア、今から二千五百年も前の人物です」

「そんな昔の詩の形が、今も現代の曲に活かされるなんてことがあるんですね。あ、もしかしてこの訳詞も、もともと何か型みたいなものがあって、それを反映させる必要があったってことですか？」

「たしかにそれもあります。でも、それは大先生の訳詞でも十分反映されてましたよ。サッポーはね、詩の形もそうですけど、もっと大きな影響を後世に与えています」

「はあ」

「サッポーは、同性愛者だったと言われているんです。そして、彼女の作品は、女性同士の同性愛と結びつけて語られることがほとんどです」

「同性愛、ですか」

「サッポーの出身であるレスボス島は、レズビアンという言葉の由来にもなっていると言われています」

「その時代に、同性愛というのは、その……どういった扱いだったんですか？」

「当時、というよりもそれより後ですけどね、たぶん想像されている通りのことがありました。ローマ以降では反聖書的だとか、異端だとか。その頃はギリシアの哲学なんかもキリスト教的ではないものとして、異端とされていたんです。アリストテレスの哲学だって、神学の文脈で理解しなければ、ある種、没神論的でもありますからね。神がいなくても成り立ってしまったり、神の存在と都合がつかなかったりするものは異端扱いになります」

「うーん、ちょっとわからないんですけど、つまり受け入れられなかった同性愛の象徴的な存在として、サッポーは有名なんですか？」

「有名、と言えるかどうかはわかりませんが、そういう風に捉えている人は一定数います」

猫宮は、先ほどこちらに渡した訳詞の紙と内容が同じらしき紙をデスクから持ってきた。

「『manner』も、おそらくはね、同性への恋愛感情を前提として訳さないといけないんです」

「ああ、なるほど」

たしかにそれが前提であれば、意味として直訳ができているのにまったく話が噛み合わなかったのもわからないことではない。一つ一つの言葉の選び方が、わたしたちが勝手に前提をした恋愛の姿を元に行われてしまっていたのである。そして、向こうが明確に理由を挙げなかったことに関しても、サッポーの時代とは違う現代であっても、伝え方が難しいことではある。

「あれ？　でも、ということは『恋の作法』、いや正式名称はなんていえばいいのかな、あの曲も同性への愛がテーマなんですか？」

「ええ。でも、そうなってくると『恋の作法』というタイトルも、ある意味でこの歌詞内容を言い当てているともいえますね。佐倉さんは、さっき帰るときにはもう気づいていたと思います。十歳くらいの時に彼は、急に教室を辞めることになったらしいですよね」

「はい、そう仰ってました」

「同じ頃、何があったか、佐倉さんの話を覚えていますか？」

「急にピアノ教室をやめることになって、その後教室も閉まったと。佐倉先生のお姉さんがちょうど東京に行くのが決まった頃だったって」

「そのお姉さんの東京行きは、佐倉さんにとって寝耳に水だったと、そう言ってましたね」

たしかに考えてみれば、音楽系の学校への進学で高校生になるときに、地元を離れ遠く東京の学校に通うというのは不思議な話ではある。

「そして同じ時期にピアノの先生もどこかにいなくなってしまっているんです。しかも、『恋の作法』の経緯が僕の想像していた通りだとしたら、生徒だった子供たちに行方も知らせないままに」

「それは……」

わたしは言葉に詰まった。佐倉先生は、このことに気づいて話を深追いしなかったのだろうか。先生ならわかっていただろうとは思う。猫宮もあえて、話さなかったのだろう。

「そういえば、弊社としては、この曲はどうするのがいいんでしょう？　ピアノの先生に伝わっているかどうかは確かめようがないと思うんですけど。もし本当に、猫宮さんが話したことが正しいとして、『恋の作法』は蜂谷輪廻の作った曲じゃないってことですよね。担当とか、上司に話したほうがいいのかな」

「渋谷さんはどう思ってるんですか？」

「わたしは、これはこれで十分に蜂谷輪廻の曲として成立していると思いますし、悪意がある盗作というわけでもないと思います。判断が難しいですけど」

言ってわたしははっとした。今、この件についてわたしやあるいは万が一これに気づいた当時のピアノ教室の関係者が指摘したとして、蜂谷輪廻自体はダメージを受けるだろうか。いわゆる炎上をするかもしれないが、蜂谷輪廻はもはやそんなニュースによって評判が左右されるレベルのアーティストではない。しかし、レコード会社の担当はどうだろう。

基本的には楽曲の権利などについて責任を持つのは、本来楽曲を集めてきて、それをリリースするかどうかを判断する役目をもっているA&Rという役割の人間である。そして、蜂谷輪廻にとって『恋の作法』でそれを務めていたのは、一年前に他社から移ってきたという斉藤だ。

「実は渋谷さんからの情報を元に、斉藤さんという男性について調べたんです。かつて蜂谷輪廻がインディーズの頃に活動していたバンドの曲を勝手に使って他のアーティストをデビューさせた、そのときの担当者が斉藤さんだったらしいですね。彼はそのことを『蜂谷輪廻と個人的な交流がある』と表現していた……もし、この曲が盗作ということになったら、担当者の責任は免れないでしょうね」

「じゃあ蜂谷輪廻は、単に昔のピアノの先生にメッセージをという理由だけじゃなくて、自分たちを裏切った担当者に、何か復讐を、という気持ちだったんでしょうか？」

自分がその立場だったらと考えると、背筋が凍った。

「蜂谷輪廻はおそらく『恋の作法』の歌詞の意味にまでは気がついていないように思います。もちろん、この歌詞が当時のままますべて再現されているのかどうか、それを確認する方法はありません。ただ、僕はこれを例の先生がすべて書いたのだとすれば、何箇所か整合性がつかない部分があるように思いました。だからその箇所は蜂谷輪廻自身の記憶違いか、あるいは単に覚えていないから加筆したか、そんなところだと思うんです。だとすれば曲を出す目的がもう一つあったと考えるのが自然かもしれませんね」

「なるほど」

わたしはそれ以外の言葉が出てこなかった。

「渋谷さん、グロリアの『manner』だって以前だったら、アーティストの意向は確認しないまま、きっと『当たり前』の形に納められて世に出ていたんじゃないですかね」

「もしかしたらそうかもしれません」

たしかに、今回はアーティスト側からNGが入ったことで、意に沿わない形で世に出すことはなくなったと言える。それは今だから可能になったことなのかもしれない。インディーズ時代の蜂谷輪廻のように、アーティストたちが曲の裏側に込めていた考えまでは、汲み取ることなく世の中に発売していたものもたくさんあったに違いない。

わたしが学生時代に聴いていたあの曲たちにも、本当は今こそ世の中に問うべき内容が、気づいていなかっただけで、数多くあるのではないか。歌は世につれ、と言うがわたしたちが楽曲を受け取る方法にしても、世の中と共に変化しているのだ。

「アーティストが、自分の本当の主張を表明できる良い時代になった、ということなんでしょうか」

猫宮の手でかけられた『恋の作法』はすでに、ずっと前に止まっていた。アナログレコードは、勝手にリピート再生されることはない。

この曲の聴かれ方が、本当にそれを作ったアーティストの思いとぴったり重なっていたとしても、あるいはそうでなかったとしても、音楽が再生される可能性を世に問うているのがわたしたちなのである。

自分の仕事はどこかの誰かが作ったものを、ただそのまま店に並べて売ることではない。そんなことはもちろんわかっているつもりだったが、今改めて胸に刻んだ。

音楽に恋をする作法として。

ユーレイゴースト

1

幽霊が出る、というのは大きなスタジオでは定番の話だ。なになにスタジオの近くには墓地があって、地下スタジオでは特に出るらしいとか、どこどこスタジオで撮った写真にはよく変な影が入るらしいとか、幽霊関連の噂は非常に多い。

撮影スタジオに限らず、音楽のスタジオ、例えばレコーディングスタジオなんかにも幽霊話はよくあって、都内の某有名巨大レコーディングスタジオに初めて行く時に、先輩ディレクターから「あそこは出るぞ」と脅されたことがある。実際何が出るのかよくわからない。

そもそも、わたしは幽霊なんてものをまったく信じていない。信じる信じない、ということを議論することにもあまり興味が湧かない。いないものについて話しても仕方がないからだ。

猫宮がいたなら、「存在しないものについて議論することはできるのか」という内容で半日は話をしてくれそうなテーマだろう。

だいたい、もし幽霊が「いる」とするなら、それはもはや幽霊ではないではないか。いるんだから、それはなんらかの「もの」だろう。心霊写真なんかもどうして顔とか手とかばかりで、「倫理的に写ってはいけない」ようなところが写ったりしないのか不思議だ。人の写真に勝手に入ってくるような変質者なら、真っ先にやりそうなものだ。

数日前にも幽霊騒動があった。練習スタジオで、自分の持っている機材とスタジオで借りた機材でセルフレコーディングをしようとしたアイドルシンガー（アイドルがセルフレコーディングをしよう、と思うだけでもなかなか大したものだなと最初は思ったものだ）から電話がかかってきて、どうやっても借りてきたマイクから音が出ないというのだ。ケーブルもマイクも、オーディオインターフェースというパソコンと楽器をつなぐ機械も壊れていない。パソコンも最近新調したものだという。

結局、実は彼女が使おうとしていたのは「コンデンサーマイク」といわれるマイクだったというオチだった。これには普通、練習スタジオなどにある「ダイナミックマイク」では必要のない別の電源からの電圧供給が必要であるが、そのことを本人がわかっていなかっただけ、ということが判明した。

この電源は「ファンタム電源」と呼ばれている。ファンタム、つまり幽霊のことで、普通のダイナミックマイクでは必要ない、見えない電源なのでそう呼ばれているのだ。そして、これが必要なことに気づかないで音が出ない、という実によくある話を、今回もまさに「幽霊騒動」として大騒ぎしてしまったわけだった。

「いや、幽霊ではなくてゴーストの話で……」

有原光希《ありはらこうき》が言った。有原はわたしにとっては社会人としての同期にあたる。わたしがSレーベルスというレコード会社にいるのに対して、有原はMエンタテイメントという、レコード会社系列のアーティストのマネージメント会社に在籍していた。制作とマネージメントでは仕事は大きく違うが、世間からは同じ「音楽業界」や「芸能界」の仕事としてまとめられがちである。

入社の際に音楽関連企業の新入社員同士の集まりが催され、有原とはそこで出会った。今ではほとんど形骸化してしまい、その時のメンバー全員が集まることはもうないが、彼とは比較的よく会っているほうだろう。

今日は有原が話したいことがあると言っていたのに加えて、有原がいる六本木の会社近くまで行く用事もあったので、一緒にお茶でも、ということになったのだった。

「幽霊の話なの？　ゴーストの話なの？」

「どちらかといえばゴーストかな」

「でも、有原くんのところのアーティストってアイドルや歌手が多いよね。ゴーストライターっていうのは、シンガーソングライターみたいな本来は自分で詞や曲を書くべき人たちが実は書いてなくて、代わりに別の作家が書いてるってことでしょ。それだったらあんまり関係ないんじゃないの」

「その通りなんだけど。だからこそ今回は対応がよくわからなくなっちゃってる部分もあるんだよ」

有原の話というのは、どうやら自社アーティストのゴーストライターのことらしい。ゴーストという部分だけを聞いて、わたしがスタジオでの幽霊騒動を話してしまったのだ。

「うちだってファンタム電源のことなんて知らないアーティストばかりだよ。もちろん機材に詳しいアーティストもいるんだけど。彼女もそうだよ。知ってるでしょ、らいむって」

「もちろん。というか、所属レコード会社うちだからね」

「らいむ」というのはわたしの働くSレーベルスでも、まず売れっ子と言っていいシンガーソングライターである。社内で宣伝資料などがよく回ってくるので、当然チェックはしていた。ビジュアルも楽曲もいうなれば「正統派」ということになるのだろう。

大衆的な人気の一方で、複雑なコード進行や、内省的だがそれでいてキャッチーな歌詞は社内の若手アーティストの中でも頭一つ抜けた音楽的評価を受けている。要は「曲もよくて、人気もある」という、レコード会社にとって実にありがたい存在だ。

「もうメジャーデビューから二年経つんだね」

勘違いされやすいが、レコード会社とマネージメント会社というのは基本的には別の組織である。レコード会社はCDなど音源を発売するところで、マネージメント会社はいわゆる芸能事務所である。歌手やバンド、アイドルもそうだが、アーティストはこの両方に所属する場合が多い。

日本では、アーティストを売り出すにはいくつかの組織が絡んで役割分担をしていくのが基本である。だから、らいむの場合はSレーベルスでCDを発売し、有原のいるMエンタテイメントでマネージメントを担当する、という分業体制だ。そして、わたしのいるSレーベルスは「メジャー系レコード会社」なので、二年前に会社と契約してCDを発売したらいむは、その時点で「メジャーデビュー」を果たしたことになる。

メジャーデビューしてもすぐに消えていくアーティストが九割と言われる中で、らいむはこの二年間着実に数字を伸ばしていた。

「でもすごいよ。うちのシンガーソングライターでは、今一番売れてるんじゃないかな。マネージメントは有原くんが、直接担当してるの？」

「現場はもう一人新人の子がついているんだけど、一応、僕の管轄ではあるね」

「え、もう管轄なんてあるくらい偉くなってるんだ？」

「いや、なってないよ。マネージメントだと下っ端でもそんな感じなんだよ。社員だって十八歳の子が入ってくるくらいだし。レコード会社は大卒がほとんどでしょ？　で、ゴーストライターの話に戻るけど、今日はそのらいむについて知恵を貸してほしかったんだ」

「あ、そうなんだ」

「本当はこんなこと言っちゃまずいのかもしれないけど、なかなかどうしたもんかと困っちゃってさ。Sレーベルスの課長にも相談したんだよ。そうしたら、渋谷さんがここ最近社内のトラブルを解決するのに活躍したんだって？　課長さんからも、仲良いんだったら相談してみたら、なんて言われちゃって」

「え、うちの課長がそんなことを？」

「うん。でもトラブルってなんのこと？　っていうか今そんな仕事してるの？」

「いやいやいや。してないって。今まで通り普通にディレクター職だよ。それだって大した仕事ができてるわけじゃないし」

「それなら、なんでそんなことに？」

「なんだか成り行きで色々と……でも活躍したってほどじゃないよ。別にそれを仕事にしてるわけでもないから」

たしかに先日、社内のとある問題の中心にたまたま関わることになり、しかもその解決法を結果的にわたしが部長やら課長やらに提言することになってしまったのだ。そうはいっても実際中身を考えたのは自分ではない。

「で、らいむのことなんだけど」

「そういえば、そんな噂を聞いたことある。もしかして、本当にゴーストライターがいるってこと？」

「さすがトラブルシューター、話が早い」

「そうなんだ。だけど、それは暗黙の了解みたいなところもあるんじゃないかな。プロデューサーの大川原《おおかわはら》さんのことだよね？」

「その通り」

大川原嘉人《よしと》はすでに五十代半ばだが現在も第一線で活躍する音楽プロデューサーである。キャリアのスタートはSレーベルスとは別の大手レコード会社だったが、三十歳前に独立。元々レーベルディレクターの枠をこえて作曲や編曲アレンジにも口も手も出すタイプだったらしいが、それを全面的に自分の仕事とするために独り立ちしたらしい。

その後すぐに作曲とプロデュースを担当したアーティストが、レコード大賞を受賞したりと、敏腕プロデューサーとして長い間活躍している。最近では仕事のペースこそ落ちてはいるものの、らいむを始め何組かのヒットアーティストを担当していることで有名だった。

らいむはメジャーデビュー前から、この大川原がプロデュースするシンガーソングライターとして活動をしていた。これまで大川原が手掛けたアーティストは、大川原自身の作曲する楽曲で活躍することがほとんどだったが、らいむに関しては楽曲の作詞作曲は本人が行っていることで話題となっていた。

彼女自身が言葉やメロディを発信するほうが同世代を中心に支持を集めるだろうということもあって、あくまでも大川原は裏方に徹している、という話を以前、業界誌のインタビューで見かけたことがある。

「らいむは、シンガーとしては本物の天才と言ってもいいと思う。言葉の意味を感じ取って表現する能力がある。もちろん純粋に歌の技術も高い。まさに歌うために生まれてきたと言ってもいいいね」

ずいぶんと大袈裟な表現だとは思ったが、有原は本心を語っているようだ。

「なかなか言うね、有原くん」

「でもそれくらいの才能なんだよ。うちの社長がらいむと初めて会った時に、曲の良し悪しと関係なく、即その場で契約するって言ったんだからね。それに、ビジュアル的にも華がある。あのバランスはなかなか奇跡的だよ。ただ――」

有原は少し言葉に詰まった。

「ただ？」

「天才的なシンガーだからといって、天才的な作曲家であるとは限らない」

「そりゃそうだよね」

「これまでらいむの作った曲は、まったくお話にならないレベルではなくとも、プロの作品としてはとても評価できるものじゃなかった。むしろそんな曲でも歌だけでうちの社長を認めさせたんだから、そのほうがすごいとも言えるけど」

「なるほど」

「だから、社長が大川原さんを紹介したところからプロジェクトが始まっているんだ。ただ自作の曲のほうが、世の中の共感も得やすいだろうってことでね。作詞作曲はらいむ、プロデュースを大川原さんという体裁で売り出そうってことになったわけ」

「それなら、実際にはらいむさんは作詞や作曲はまったくしてないってこと？」

「その後もしばらく自作曲を持って来たりしてたみたいだけどね。ただ、世の中に出たのはほとんど全部、大川原さんが作ったものなんだ」

「へえ」

ゴーストライターがいたとしても、出ている曲のほとんどすべてが大川原の曲だというのは驚きだった。

「さすがに印税はちゃんと大川原さんに入っているみたいだけど」

「でも、そういう話は他のアーティストでも時々聞くよね。大川原さんくらいのキャリアがある人が、ゴーストライターなんて話をよく引き受けたなとは思ったけれど」

「大川原さんとうちの社長はかなり古い仲なんだ。しかも大川原さんは社長にだいぶ恩義を感じてるみたいだね。たしかにゴーストライター自体は珍しくないことだと思う。過去に大ブレイクしたシンガーソングライターでもよくあったらしいよ。それに名前を出している場合だって、共作名義になっていても、実はほとんどアーティスト本人じゃないほうが作っているケースもあるみたいだし。そして、アーティストが売れてくるとよくあるパターンが——」

有原は一呼吸置いた。わたしは自分自身も何度も出くわしたことがある、一つの結論を口にした。

「やっぱり自分で曲を作りたい」

「さすが」

有原が答えた。

「まあそうなるよね。嘘をつくのは嫌だっていうのはわかるけど」

「ここしばらくずっと、らいむは大川原さんに自分で曲を作りたいって交渉をしてたみたいなんだ。大川原さんは正直うんざりしてたみたいだし、プロデュースを引き受ける条件として、らいむ自身の曲は使わずに、基本的には自分の作曲した曲を使うと元々約束していたみたいだしね。ただ先日、ついにらいむ本人から、次のシングルではもうとにかく嘘はつきたくない、絶対に自分の書いた曲じゃなきゃ出したくないって、社長に直談判があったんだよ」

「直談判、って言葉、久々に聞いたかも」

実際思っていたとしても、なかなかそんなことを事務所のトップに直訴するアーティストは少ないだろう。

「社長としても、今事務所で一番の売れっ子であるらいむの言葉は無視できない。ただ、もちろん大川原さんのこともないがしろにはできない。そこで出した打開案が、うちの社長の良さを表しているんだけど……」

「お、なになに？」

「そもそも、誰が作ったかどうかよりも、曲の良し悪しで考えたいって。らいむは歌の才能はあるけど、作曲に関しては必ずしも天才ではない。それは社長や僕らもわかってる。だからこそ、大川原さんに頼んでるわけだしね」

「それって素晴らしいじゃん。わたしも社長の意見に賛成。まずは曲の良し悪しだよね」

「僕もそりゃそうだと思うんだけどさ。で、らいむが次のシングルはこれでいきたい、って曲を持ってきたんだよね」

「あらら」

「ところが、これが大川原さんが今までらいむに作った曲と比べても遜色ない。それどころか一番いいかもしれないくらいの出来で……」

2

六本木に自分から来ることはあまりない。もちろん、仕事の用事が入ることは時々あるが、意外とアクセスがよくないので気も進まない。学生時代からよく来ていた、という同僚も少なくなかったが、わたしにとってはあまり馴染みのある場所でなかった。

春というにはまだ肌寒い気候で、道行く人たちはみな薄手のコートを着ている。こういったちょうど良いアウターを季節に応じて使い分けるというのが、この街で日常を過ごす人の「普通」なのかもしれない。わたしは真冬から、着まわしてきたベージュの厚いチェスターコートだった。

今日ここに来たのは、猫宮という知り合いの作詞家が珍しく人前で、トークイベントに参加するというからだ。猫宮は、わたし以上に六本木という場所が似合わないタイプの人間だが、今日は書店の中にあるスペースで、最近出た『音楽の著作権はこのままでいいのか』というあまりにも直接的なタイトルの本の作者と、ゲストの一人として語り合うという。

作者以外のゲストは音楽評論家、法律の専門家（弁護士らしい）、そして作詞家である猫宮という人選だったが、メンバーを聞く限りでは猫宮はかなり浮いているような気がした。本人曰く「今回の本で取材を受けた作詞家の大先生から、代わりに行くように頼まれた」ということだ。

しかしこんな機会でもなければ、人前で話す猫宮の姿を見ることもないので、わたしは内心かなり楽しみにしていた。

「かえでさん、遅かったですね。席とってありますよ」

入り口付近で猫宮の助手のミドリに声をかけられた。ミドリは十六歳で、すでに高校は辞めているらしい。猫宮は作詞家だが、スタジオの横にある空き倉庫のようなスペースで「塾」という実にシンプルな名の学習塾も運営している。猫宮本人に言わせるとビジネスというほどのものではなく、物件を譲ってもらった際にそのまま事業も引き継いだだけのようだ。

実際には猫宮が「塾」で何かをすることはほとんどない。せっかく母校の近くだということで後輩の大学生たちを集めて、中高生を教えている。大学生がいないときだけは猫宮が教鞭を執ることもあるらしく、ミドリは教え子の一人らしかった。

ミドリは高校に入学後すぐに辞め、時々猫宮の手伝いに来ていると、前にスタジオで会ったときに本人が説明していた。例の訳詞の一件以来、色々な相談をしに猫宮の仕事場に行くようになってから、ミドリとは何度も顔を合わせていた。

ミドリは手伝いがてらイベントに行くつもりだと言っていたので、先に会場に着いていたのだろう。座席は五十席くらいだが、すでにほとんどは埋まっていた。平日の十八時だというのに、なかなかの客入りではないか、と思ったが普段トークイベントに行くことが少ないので、これが盛況なのかもよくわからない。

「ま、無料ですし。それにあの本の作者、最近テレビとかも出ていて、それなりに人気らしいですよ。僕はぜんぜん見たことなかったですけど」

ミドリが入り口近くに貼ってあるイベントのポスターを指差す。一番大きく載っている写真の男にはたしかに見覚えがあった。朝の情報番組で見た記憶がある。その時はコメンテーターと名乗っていた気がする。

猫宮の名前は一番下に小さくあった。しかも写真は猫宮が飼っている猫の写真だ。ふざけているのか、本当にいつもあの写真を彼が使っているのか、そのどちらもありえそうだ。

トークイベントは定刻に始まった。九十分ほどの予定らしい。まだ本を読んでいないので推測だが、内容としては「既存の音楽著作権のシステムは既得権益側の力が大きすぎる」という主旨らしい。ゲストの音楽評論家は、作詞家・作曲家だけでなく「編曲家」にももっと権利が与えられるべきであることを殊更に主張し、弁護士は現状のルールの歴史についてその都度口を挟んでいた。

たしかにわたしが見る限りでも「編曲家」はもっと評価されてもいい仕事だとは思うが、著作に関する権利を与えるべきかどうかは微妙な問題だろう。

編曲家は印税などの権利はないにしても十分正当な対価はもらっているようには思える。むしろ問題は、わたしたち音楽ディレクターやプロデューサーのほうではないか。わたしは曲が作れるわけではない。それなのに、曲に対して意見もし、場合によってはその曲から収入も得ているわけだ。もちろん今のわたしは会社の給料をもらうだけなのだけど、それでも何か時々引け目を感じなくもなかった。

　猫宮はというと、時折話を振られたときだけ「まあそうですね」などといつもの感じで軽く流している。自分の知る限りでは猫宮も、編曲家やプロデューサーの権利についてはもっと認められるべきという点については、本の作者たちの言うことと大きくはずれた考えを持っていないとは思うのだが、話にはほとんど興味がなさそうに見えた。

「猫宮さん、あまりご意見はなさそうですけど、最後に何かないですか？　この中では唯一、音楽作品からの著作権収入を得ているわけですし」

　司会進行も兼ねている音楽評論家が話を振った。

「うーん、別にこのことで議論をしたいわけではないんですけど……」

　猫宮はやや面倒そうに片手を挙げるようなジェスチャーをした。

「なんですか？」

「みなさんが音楽作品と言う時に何を指しているのか、そもそもその辺りからどうもピンときてないんです。たしかに、僕ら作家というのは音楽作品を作って、販売されたときに権利に相当する分の金額を報酬としてもらいます。つまり印税のことですね。そのシステムの是非は置いておいて、そもそもみなさんは音楽作品を作る、ということをどう定義されているんですか」

「それは、作詞や作曲のことですよね」

　弁護士が答えた。

「では、僕はどうしたら、作詞をしたことになるんですか。あるいは作曲でもいいですが……

僕は作曲はしないので」

「文字を書いたり、楽譜を書いたり、とか」

弁護士が答えたのに対して、猫宮は首をひねった。

「うーん、そうですね。じゃあこんな話を。例えばネルソン・グッドマンという哲学者が五十年も前の本でこんなことを言ってるんです。『作品の正確な実例として要求されるのはただ楽譜の完璧な追従である、まったくミスはないがひどく愚かな演奏もその作品の実例となるし、一方ですばらしい演奏であっても一つのミスがあればそれは作品の実例とはいえない』と」

「ん？　つまりどういうことですか」

音楽評論家は怪訝そうな顔をしている。会場にいたほとんどの聴衆の気持ちを代弁した言葉だろう。

「グッドマンに言わせれば、音楽作品、つまり作者が作ったものというのは楽譜に真に現れていて、それが完璧に演奏された場合のみに作品の実例、ひとつの例示になっているということです。作曲をするってことが、楽譜を作る行為を指すなら、つまりグッドマンの結論と同じことですよね。ただ、今時楽譜から書き始めるという人は少ないと思いますが」

「はあ。まあそういうことになりますね。グッドマン、って人と同じ考えなのかな、僕は」

弁護士が答える。

「でも、そうするとですよ。例えば、ライブなんかでちょっとアレンジして演奏した場合は、『その曲』を演奏したことにはならないわけです。もちろん、その場合は作曲家に使用料なんかも入らないって結論になるでしょうね」

弁護士は猫宮の話にすぐに反論した。

「それはおかしいですよ。実際、ちゃんとJASRACはライブで演奏されたものからも徴収してるんだから」

「でもじゃあ、作曲家が『作った』と実際に言えるものって何なんでしょうね」

猫宮がそう言ったところで、「残念ですが、そろそろお時間です」と会場のスタッフから声がかかった。


最近の本の発売イベントでは、終了後にサイン会まであるらしい。一応、本は購入したが特に作者のサインには興味がなかったので、その場でしばらくじっとしていた。すると、「六本木なんてなかなか来ないので、ご飯でも食べて行きましょう。渋谷さん、どこかいい店知りませんか」と猫宮に尋ねられたので、ミドリにも声をかけて三人で食事に行くことになった。

といっても、自分が知っている店となると大したところではない。書店から少し歩いた場所にある、中華料理店に入った。何度か訪れたことがある店だが中華といっても、ここではカレーしか食べたことがない。

「カレーが有名なんです。あとは中華そばというか、鶏そば？」

「じゃあカレーでも食べましょうか」

猫宮はメニューを流し見てすぐに注文を決める。この三人だと、自分以外は誰も飲まないので（ミドリは未成年なので当然だが）、話が早くて助かる。今日はわたしも特に飲む気はなかったので、カレーを三つ頼んだだけになった。

「かえでさん、編曲家っていうのはそんなに立場が良くないものなんですか？　評価されてないって話でしたけど」

ミドリが言った。猫宮は無表情だ。

「どうだろう。たしかに印税をもらう権利はないけれど」

「僕、いまひとつ作詞家とか作曲家とか編曲家の違いがわかってないかもしれないです。作詞家は歌詞を書く人ってことだとして、それも厳密には正しくないのかもしれないですけど、作曲家と編曲家って何が違うんですか？」

「うーん、少なくともわたしたちの扱い方でいえば、作曲家というのは歌唱部分のメロディを作る人のこと。で、編曲家とかアレンジャーっていうのはそれ以外の全部って感じかな。楽器の構成とか、いわゆるアレンジって言われる部分を担当するのはすべて編曲家だね。もちろん楽器を演奏することもあるだろうし、あとはイントロの部分を作るのもそう」

「えー、それじゃあめちゃくちゃ重要ですよね」

「そうなんだよ。でも、歌番組なんかだと名前が出ないことも多いから、やっぱりそういう意味では正当に扱われていないと言えるのかも」

わたし自身も編曲家の仕事をしっかりと理解していると言えないかもしれないが、少なくとも編曲家がいなければ世に出ているほとんどの楽曲は、そもそも楽曲として成立していないことはわかる。

最近ではパソコンを使って音源として十分成立するデモを作ることができる作曲家も多いが、昔ながらの作曲家は譜面でメロディを作ってくるだけなので、一般的にイメージされる「曲を作る」という工程のほとんどをやっているのは編曲家だとも言える。

編曲家はメロディを作ることもできる人がほとんどだろうし、現代では作曲と編曲の両方を仕事としている人が多い。逆に、今の時代に「作曲のみ」でやっていける作曲家は、メロディだけでその個性を発揮することができる特別な能力を持っているともいえる。

「で、どうでした、トークイベント？」

出された水を一口飲んで、猫宮が喋り出した。

「猫宮さんは、まあ通常営業という感じでしたよね。わたしからするとですけど……」

「仕事だから、通常営業なら上出来でしょうか」

「たしかに音楽を作るって言い方をわたしたちは簡単に使ってますけど、何か具体的なものを生産しているのとは違いますよね。例えば同じクリエイターでも、画家だったら描いた絵というのが残るわけですけど、音楽ではそれがない。猫宮さんが書いた詞というのも、そこに残っている文字とかデータとか目に見えるものが創作物そのものではない。最後に猫宮さんが言っていたのはそういうことですよね」

「その通りです。作詞ならそれでも、そうやって残した文字とかテキストのデータが一応創作物の一種ということにならなくもないかもしれませんが、作曲となるともっと厄介です。譜面に残しても、録音に残しても、残したもの自体が作曲家の作った創作物そのものというわけではない。彼らが作ったのはあくまでもメロディという概念的なものです」

「でも、メロディというのは単に概念というよりはもう少し、ちゃんとそこにあるものって気がしますけど。何か具体的な存在をクリエイトしているというか」

ミドリが言った。

「もちろんそうだよ。みんなそう思っているからこそ、作曲に関しては定義するのが難しい。哲学の言葉で言えば、唯名論的な定義をしている同時代の論者もいる。ローマン・インガルデンというポーランドの哲学者なんだけど、知ってるかな」

「わたしは、もちろん知らないです」

そもそも、ポーランド出身の人物でぱっと浮かぶのはショパンくらいだ。それだって、一瞬本当にポーランド人だったかな、と確信が持てないくらいだった。

「僕も知らないですね」

ミドリが言った。

「インガルデンは、哲学の分野ではいわゆる現象学者と呼ばれる人物です。現象学での仕事も最近はまたちゃんと見直されているけれど、それでも日本で専門の研究者がたくさんいるほどではないしテキストもそれほど出回ってない。でも、なかなか奇特な人がいて、彼の音楽作品論に関するテキストが邦訳されているんですよ。僕もさすがに彼のポーランド語の原典までは読んだことがないんだけど、翻訳は学生の頃に読むことができました。『音楽作品とその同一性の問題』という本ですね。で、その中でインガルデンは音楽作品のことを『志向的な存在』だと言っている」

「しこうてき？　ですか」

わたしは頭に漢字が正しく浮かんでいなかった。

「そう、志す、に向かう、の志向、志向性というのはドイツ語のIntentionalitätですね。これ自身も何とも難しい表現ではありますす。現象学ではよく使われるけども、『志向的な存在』とは、演奏や録音といった具体的な時間的にも空間的にも固定されたものとは違う、ということは言っておこうか。ただ、単に概念的対象というのとも違う。まずそれらは作曲者という特定の人物の創造的な行為によって発生するものだ、そういう意味で志向性があるといえる。創造的行為がなければ、そもそもこの世界に存在しえなかったはずのものだからね。ところが、一方で単に意識体験みたいなものとしてだけ存在するわけではないんだよ。例えば、それらは演奏というひとつの現れをもっているけれど――」

「すいません、わたし理解できているのか自信はないんですけど、志向的なものって例えばユーレイみたいなものですか」

「その例えは、素晴らしいです」

猫宮が手放しでわたしの発言を褒めた。

「つまり、ユーレイって誰かがそこにいると思わないと存在しないわけですけど、かといって物理的に存在していたらそれはユーレイではないですし」

わたしは自分の考えを整理しながら喋った。我ながら、たしかに上手い例を挙げられたのかもしれない。

「それにユーレイも、本来はなんらかの創作ですよ。誰かが存在を肯定したからそこに存在している。ユーレイというのは、一般的には死んだものが化けてそうなるというものだと思うのですが、死という存在の消失、つまり非存在によって存在となるというのは面白いですね」

「あ、そうだ、猫宮さん、ひとつ聞いてもらいたい話があるんです。有原くんというわたしの同期から聞いた話なんですけど」

らいむに関する話をひとしきり猫宮とミドリに説明し終えると、ちょうどカレーが運ばれてきた。

「大川原さんか、なるほど」

「猫宮さん、ご存知ですか？」

「一度彼のプロデュースする曲で歌詞を書いたことがあります。その時にレコーディングもご一緒したことがありますよ。大川原さんといえば、彼のボーカルディレクションは一級品ですね」

「ボーカルディレクションって何ですか？」

ミドリが訊いた。

「ボーカルディレクションっていうのは、レコーディングのときに、特に歌う人に対して指示を出したりすること」

猫宮に代わってわたしが応えた。

「もっと感情込めて！　みたいなやつですか」

「そういうのもあるけど。歌の細かいニュアンスとか、技術的なことも指示するかな。もちろん音程が合っているかや、歌う人のメンタルケア的な役割もある。とにかくこのボーカルディレクションによって、レコーディングの良し悪しが大分変わっちゃうっていうくらい大事なものなの」

わたしはディレクターの仕事を始めたばかりの頃に、先輩社員に教えられたことを思い出しながら話した。

「もちろん楽譜の内容を正しく読み取って伝えることもできなくちゃいけない。最近だとデモ音源がしっかり作られているから、歌う人は音源を聴けば十分な場合も多くて、昔ほどディレクションをする人に譜面を読む力は問われなくなってるけど。わたしも最近やっと少しは務めることができるようになってきたかな。ディレクター業務をやるようになってから先輩にかなり厳しく教えられたな……」

「あ、でもそれじゃあボーカルディレクションは本来、かえでさんみたいなレコード会社の人の仕事なんですね」

「え？　ああ、そういうことが多いかな。そもそもプロデューサーというのも元々は社内にいるものだし」

ボーカルディレクションを具体的にどの役職の人がやるかは、決まっていないことも多い。プロジェクトによるが、これまでわたしが参加したSレーベルスでの制作では社内のディレクターが担当することが多かった。

「大川原さんのディレクションは特にどこが優れているんですか？」

わたしは猫宮に訊く。自分自身の仕事でもあるので、噂の大川原のディレクションが具体的にどんなものなのか、猫宮の視点でぜひ聞いてみたかった。

「速くて的確、迷いがない。歌う側が一番歌いやすい環境を作ってくれます。曲の一番大事な特徴を摑む能力が高いんでしょう。僕が参加した曲でも、楽譜通りにやるようないわゆる作曲家っぽい進め方ではなくて、どちらかというと感覚でやっているように見えました。それでもきちんと仕上げてくるので、やはり何かしら彼なりの理論があるんでしょうね。一度見てみればわかると思います」

「一度見学したいですね」

「で、さっきの話ですが、どうしたんですか？　らいむさん本人が書いた曲を発表するとしても、名曲を持ってこられたのならそれはそれで問題ないのでは？」

猫宮が話を元に戻した。

「はい。それはそうなんです。曲は本当に良かったから、レコーディングに進もうと社長や有原くんも考えたらしいんです。ただプロデュース自体は大川原さんに頼まないと、成立しないだろうってことになりました。でも大川原さんに依頼したら『この曲のプロデュースはできない』と返事をされたらしいんです」

「どうしてですか？」

「それがどうも要領を得ないらしくて。たしかにそもそも大川原さんはらいむさんが自作の曲でリリースをすることには反対だったわけだから、気持ちはなんとなくはわかるんですけど。ただ、曲の出来そのものへの反応は悪くなかったらしいんですよ」

「そう言われると、曲を聴いたことがない状態で話を進めるのは想像力がいりますね」

猫宮は笑った。

「大川原さんが言うには、この曲は盗作じゃないかって」

「盗作ですか。それはなかなか、大胆な発言ですね」

「つまり、らいむさんにそんな良い曲が作れるはずがない、ということなんでしょうか。とにかくそれに近いニュアンスのことを言って、基本的にはアレンジもプロデュースも引き受けたくないということらしいです。ただマネージメントとしては、楽曲の雰囲気を急に変えるわけにもいかないから、最近まで大川原さんの付き人みたいなことをやっていた進藤《しんどう》さんってアレンジャーの方に、サウンドプロデュースだけは頼むって言っていました」

「それは無難な選択ですね」

進藤さんは大川原さんの仕事をずっと近くで見てきて最近ではアレンジにも入っていたみたいなので、なんとかなるんじゃないかって。もちろん、業界のマナーとしては大川原さんに進藤さんに依頼することは伝えないといけないんですけどね。でも、大川原さんが盗作だなんて言うから、有原くんも心配になっているらしくて……」

「盗作っていうのは、つまり何かの曲に似てるってことですか？」

「有原くんもそういう意味だと思って、似ている曲がないか調べたそうですけど、明らかに盗作だと言えるような曲は見つけられなかったみたいです。でも、どうして大川原さんが盗作なんて言い出したのか、気になりますよね」

「気になるといえば、気になるかもしれないですね」

「あと一つ」

「問題だらけですね」

猫宮は笑った。

「いや、問題とはちょっと違うんですけど……この曲、メロディはいいんですけど歌詞はこのままでは出せないだろうと有原くんや事務所の社長も言っていて。それでプロの作詞家の手を借りたいらしいんです。ただ、盗作疑惑も拭いきれない状況なので、どう進めたらいいのかなと思いまして」

「ああ、なるほど」

猫宮の顔色を窺いながら、先ほどよりもゆっくりと喋る。

「え？」

「僕の名前を出したんですよね？」

「有原くんは猫宮さんのお名前を知ってました。すいません、なんだかわたし最近いろんなところでトラブルシューターだと思われているらしくて。でも本当は猫宮さんのおかげなんだって話を有原くんには打ち明けたんです。それで――」

「別にいいですよ。それに、僕もちょっと興味があります」

カレーは三人ともすっかり食べ終えていた。猫宮はそこから、少し喋るのをやめて黙っていた。店を出て日比谷線の駅まで向かい、二人とは逆方向だったのでその日は駅で解散となった。

3

猫宮は、仕事自体を引き受けるのはやぶさかではないという様子だったので、早速有原に報告した。

翌日有原から連絡があり、歌詞について正式に猫宮に依頼したいという話があった。らいむはSレーベルス所属のアーティストなので、社内の担当ディレクターへの確認もスムーズだった。なぜか、社内ではもはや猫宮の担当がかえでだということは周知の事実だったので（実際にはまったく契約関係などはないのだが）、担当ディレクターからはよろしくお願いしたい、という連絡が来ただけだった。

それから十日ほどが経った。有原からの連絡では、懸念はありながらも楽曲そのものの制作は進行しているらしい。サウンドプロデューサーは予定通り、大川原の付き人だった進藤で進んでいるようだ。その間に、有原からはデータで、新曲『ユーレイ』のデモ音源と歌詞が送られてきた。早速猫宮にもメールで送る。

『ユーレイ』
作詞・作曲：らいむ

僕がいなくなったら、君は悲しいのかな
君がいなくなったら、僕はどこにもいない
僕がいなくなったら、君は寂しいのかな
君がいなくなったら、僕はどこにいくの？

有原からは、三日後に『ユーレイ』の楽器レコーディングがあるので、もし可能であれば猫宮と一緒に来て収録を見学してもらいつつ、歌詞についてもその場で相談したいということだった。猫宮は電話で、レコーディングスタジオが世田谷だと聞くとやや不満そうな声をもらしたが、時間を合わせて一緒に向かうことになった。スタジオは三軒茶屋から、普段ほとんど利用することのない世田谷線に乗って向かわなければいけない。レコーディングに集中できそうな場所ではあるが、立地としては少し面倒なスタジオだ。

猫宮とは三軒茶屋のキャロットタワーで待ち合わせをして、一緒に電車に乗る。

「結局アレンジはどうなったんですか？」

「前回お話しした通り、進藤という大川原さんの弟子に当たる人がアレンジをするようです。

猫宮さん、デモは聴いていただけましたか」

「聴きました。それにらいむさんのこれまでの代表曲も改めて何曲か。たしかに、比べてみても遜色はないですね。『ユーレイ』のデモも、進藤さんのアレンジが入っているんでしょうけど、大きな差はないし、むしろ安定感が増して自信もみなぎっている、という印象です。それと、僕も一通り聴いた限りでは何かの曲に似ているとは思いませんでした」

「大川原さんが言う、盗作なんじゃないかって話ですね。たしかにわたしも似た曲は思い浮かばないですね。それにこれまでのらいむさんの楽曲に勝るとも劣らない曲だなと思いました。ただ、実際のところ、急にらいむさんがこのレベルの曲を書けるようになるものなのかというのが疑問ですよね。らいむさん自身が作った曲を他に聴いたことがあるわけでもないので比べようもないんですが、そんな急に曲作りが上達するなんてことあるんでしょうか」

「あるきっかけで、急に曲作りができるようになるということは、ないとは言い切れないと思います」

「そういえば猫宮さんってどんなきっかけで歌詞を書き始めたんですか？」

「大学生の頃、知り合いに頼まれて書いたのが最初です」

「最初から歌詞を書いてみたら、書けたってことですか？」

「そうですね。最初から」
猫宮は無表情で答えた。

スタジオに到着したのは十六時頃だった。レコーディング自体は朝から始まっており、この時間までかかってやっとドラムとベースを録音し終えたところらしい。少し苦戦しているようだ。

「すいません、もうしばらくお待ちください。なかなか手間取ってしまいました。ドラム録りのマイク選びからだいぶ時間を使ってしまったんです。進藤さんは、大川原さんに比べてかなり機材のことに時間をかける方で、色々と試していたらあっという間にこんな遅くなってしまって」

ロビーに出てきた有原が謝罪した。その後、スタジオの扉が開いて進藤とらいむが出てきた。レコーディングブースでは、楽器の演奏陣が喋りながら楽器を弾いているようだった。今は録音のインターバルの時間、というところだろう。

「こちら、らいむ、と今回アレンジャーの進藤くんです。こちらは作詞家の猫宮さん、それから――」

「渋谷です。今日は猫宮さんの付き添いで来ています。よろしくお願いします」

「進藤さん、リズム録りをずいぶんと丁寧にやられてるんですね」

猫宮が言った。

「ええ、すいません。だいぶこだわってしまって。これぱっかりはどうも時間かかっちゃうんです」

進藤はいかにも音楽好きの青年という第一印象で、自分のこだわりに対してなのかにやにやと笑っている。

「らいむさんは、いつも楽器のレコーディングから全部立ち会われているんですか？」

猫宮が次に、横に座ったらいむに声をかけた。

「ええ、必ずというわけではないですが、今回はぜひ参加しておきたくて」

らいむは有原に目配せした。それを見た有原が頷いて応じたのを確認して、さらにらいむが続けた。

「みなさんもお聞き及びかと思うんですが、今回は初めてわたしがゼロからしっかり作った曲のレコーディングなんです。それで、ちゃんと最初から立ち会いたいなと思いまして」

「なるほど。僕も、デモを聴かせていただきましたけど、素晴らしい楽曲ですね。完成が楽しみです。進藤さんのアレンジもばっちりハマっている。有原さんからブラッシュアップの相談をしたいと依頼を受けてここに来ているんですけど、大きく変える必要はないと思っています」

有原がそれを聞いて慌てて説明を始めた。

「猫宮さん、ご足労いただきましてすいません。わたしたちとしても、同じ考えです。ただ、社長から心配の声が上がっているんです。現状の歌詞ではあまりにもらいむの個人的な色が強過ぎて、今までの曲との差が出過ぎてしまうんじゃないか、と危惧していまして」

らいむを見ると、一応は納得している様子だが、腹の内はどう思っているのだろうか。あくまで過去の曲と合わせるため、という理由だけで歌詞を変更しなければいけないとしたら、気分のいい調整ではないだろう。それでもらいむはいつものアーティスト写真や、動画で見せるのと同じような涼しげな表情で座っていた。

「なるほど。わかりました。らいむさんにも満足していただける形で、ここからさらに良いものにできるとは思いますよ」

猫宮が言った。それを聞いて、らいむが少し笑った。

「わたし猫宮さんが作詞された曲、大好きなんです」

らいむが口にした曲名は、猫宮が専業作詞家になるきっかけになった楽曲だった。わたしの記憶にもあるが、たしかに当時相当なヒットを記録した曲である。らいむは他にも何年も前に猫宮が手がけた作品をいくつか挙げた。それほどヒットしたとは言えない曲も含まれており、らいむは随分と勉強していることがわかった。

「それはどうも。よくご存知ですね」

「わたしもいつかあんな歌詞書いてみたいんです。今回は勉強させてください」

「『ユーレイ』に関して言えば、本当に僕がやることはほとんどないと思いますよ。すでにかなりクオリティが高いと思います。そうだ、ここまで録ったところもぜひ聴かせてください。まだこの後もレコーディングの作業がありますよね」

「ええ、まだ半ばです。それに他の収録曲についても進めないといけなくて。急に体制が変わったので、新曲のストックもなくなってしまったんです。カップリングとか、アルバム曲とかも今まではぜんぶ大川原さんにお願いしてましたけど、今回はそうはいきません。らいむの作った曲のストックだけで新しいアルバムを完成させるというのは、さすがに難しいですからね」

有原が言うと、進藤が、それなら、と言って手に持っていたパソコンを操作し始めた。

「僕何曲か、次のアルバムに合いそうなもの作ってみたんですけど、聴いていただけませんか。もしよかったら、猫宮さんにも聴いていただきたくて。これならいむさんのイメージにもぴったりかなと思うのがあって、デモにしてみたんです」

「進藤くん、今はちょっと」

有原が制止する。

アレンジャーが楽曲を提供するのは珍しいことではない。しかしタイミングが悪いだろう。

「ああ、ぜひ聴かせていただきたいところですが、時間も限られていますからね。そうだ、もし問題なければ、あとでメールで僕にデモ音源を送っていただけたら嬉しいです」

猫宮が言った。猫宮は進藤の楽曲に興味があるのだろうか。

「ええ、もし猫宮さんにも聴いていただけるなら。今後のリリースにもつながるかもしれませんし」

有原が進藤に代わって応えた。

「それじゃあわたしのメールアドレスに」

そう言って、進藤に名刺を渡した。

「後で送ります」

その後、スタジオに移動して、『ユーレイ』のここまでの録音分を聴かせてもらった。時間はかなりかかっているようだが、その分厚みのある音で録れているのはわたしにもわかる。ドラムの音は伸びやかで軽快だが、ハイハットやシンバルの繊細な表現も失われていない。ベースはレコーディングブースからでは誰なのか見えないが、相当な腕だと感じられた。

「順調ですね。ボーカル録りはいつの予定ですか？」

「ボーカルは一応十日後くらいに予定しています。すいません、歌詞についてもそれまでに準備いただくのは大丈夫でしょうか」

「問題ないです」

辺りを見回してみると、進藤がスタジオの一番端に立って、満足そうに出来上がりつつある曲を聴いて体でリズムをとっている。らいむは、パソコンの画面を見ながら歌詞を確認しているようだ。わたしもパソコンの新着メールをチェックした。

「あ、進藤さん、さっきのデモ音源、メールでちゃんと届いてます」

「ありがとうございます」

進藤が身を乗り出して言った。

「猫宮さん、後で転送しておきますね。タイトルは『木星』とか……あ、これ面白いですね。

『ロサンゼルス六時一〇分発』」

「口に出されるとちょっと恥ずかしいですね」

進藤が笑った。そうは言いつつも、曲には自信がありそうな顔をしている。

「それじゃあ、僕らはそろそろ行きましょうか。歌詞も進めたいし」

猫宮が立ち上がった。

「わかりました」

「それじゃあらいむさん、進藤さん、引き続きよろしくお願いします」

猫宮がスタジオを出ようとすると後ろから、お見送りしますと言って有原が出口近くまで付いてきた。

「そういえば有原さん、いくつかお願いがあるんですが」

猫宮が言った。このシチュエーションは以前、初めて猫宮に会った時にもあった気がする。となると、猫宮はすでに今回の盗作疑惑について何か気づいているのかもしれない。

わたしや会社を通じて猫宮に仕事を受けてもらうからには、それこそ盗作やゴーストなどといった問題に巻き込むわけにはいかない。しかし、猫宮であれば、問題には予め気づいてくれそうな気もしていた。わたしにはなぜか、彼が何の考えもなく仕事を引き受けるわけもないだろう、という確信があった。

「ええ、なんでしょう」

有原がすぐに応えた。

「せっかく進藤さんのデモもいただいたので、もしよかったらいむさんがこれまで自分で作った曲のデモも聴かせてもらえませんか？　歌詞を調整する際の参考になるかもしれません」

「ああ……ないことはないですが、渋谷さんに伝えている通り、正直お聴かせするレベルのものではないと思うんです。本当に今回の『ユーレイ』だけは特別って出来で……」

「大丈夫です。参考なので」

「では、これも渋谷さんにメールで送っておきます」

渋々ではあったが有原は承諾した。

「ありがとうございます。それともうひとつ」

「はい」

「差し出がましいようですが、今度のボーカルレコーディング。ここだけは、どうにか大川原さんに来ていただいて、ボーカルディレクションをお願いするのがいいんじゃないかと思います」

「いや、しかしそれは……」

有原は悩ましげな表情だった。たしかに彼の立場からもう一度頼むのは難しいだろう。

「お願いしますね」

猫宮は念押しして、そのままスタジオを出た。

住宅街を抜ける帰路はすっかり暗くなっている。

「猫宮さん、さっきのレコーディングを見て、やっぱり大川原さんの力が必要だと判断したんですか？　今のままだったら、進藤さんがボーカルディレクションもやることになりますよね。たしかに彼はいわゆる純粋な音楽好きの作曲家さんってタイプですよね。クリエイター気質というか。売れる曲を手がける人っていうよりは、好きなものを作っていたいという性格に見えます」

「そういうタイプといえばたしかにそうかもしれません。その辺は経験によっても変わっていく部分もありますけどね。それと気になっているところで言えば、僕はもう一つあります。『ユーレイ』に対して大川原さんがどういう反応をするのかを知りたいんですよ」

それは、曲自体への大川原による感想が本音ではなかったということなのだろうか。

「でも、大川原さんは『ユーレイ』は盗作なんじゃないかって言うくらいだから、呼んだとしても参加してもらえるんですかね」

「盗作問題はありますが、曲に対する反応は悪くなかったわけですよね。たしかに盗作かもしれない曲に関わるというのは、積極的になれないかもしれないですが、ボーカルディレクションを担当するだけで名前が表に出ないのなら、協力していただける気はします。少なくともこの形なら『ユーレイ』は大川原さんが『作った』ものにはならないですよ。そして、やっぱりボーカルディレクションだけは大川原さんが関わるかどうかで、大きく変わると思います」

猫宮は、大川原の能力を絶賛している。おそらく、レコード会社の中でも、ボーカルディレクションに関してここまでの評価を受けているディレクターはいないだろう。わたしも、いつかは「渋谷かえでといえばこれ」と言われる仕事を、持つことができるのだろうか。そもそもそんなものを持っているディレクターはごくわずかで、ただヒットした曲に「なんらかの形」で関わっていたということしか売りがない人がほとんどなのだけど。

「大川原さんのディレクションは他の人とどこが違うんですか？」

「単に楽譜をなぞって録音していくということであれば進藤さんのほうがむしろ向いているでしょうね。大川原さんはアドリブ性を重視するタイプです。細かいメロディが合っているかどうかよりも、全体としての勢いやノリを重視するというのは一般的なやり方ですが、大川原さんはその傾向が極めて強いですね」

「具体的にどういうことですか？」

わたしも譜面を読むことに関しては、学生時代の音楽の授業で受けた程度でまったく自信はない。それでもディレクションの仕事はここまで何度かこなせてはいる。いつかはしっかり勉強しなくては、と思っていたが必要がないという話ならば少し安心だ。

「譜面上は間違っていても、自分の感覚で良いとしたものを押し通すことさえあります。しかし、自分の責任でその判断をできるということが彼の能力なのではないかと思います。以前立ち会った時なんて一度も譜面を見ないで最後まで一曲録っていましたよ。誤って別の楽譜が手元にあったのに、録り終えた後に譜面が違っていたことに気づくなんてこともありました」

「それはすごいですね」

「なかなか若いディレクターやアレンジャーでそこまで思い切れることはないでしょうから、

今回は初めてのらいむさんの自作曲だけに大川原さんの決断力が必要になるんじゃないかと思います」

「自作曲のディレクションを、自分や近い人だけでやると悩みすぎてしまうことがある、という話でしょうか」

「はい。似たようなこと、今までになかったですか？」

思い返してみると、バンドのレコーディングでアレンジが進まず、わたしから見るとほとんど意味のないように思われるところで、メンバーが悩み切ってしまったシーンには遭遇したことがあった。

「わたしからも、もう一度大川原さんに来ていただけるようプッシュしておきます。あ、そういえばさっき有原くんからメールがあって、らいむさんが作ったデモも届いてますよ。『ラベンダー』とか『コーヒー』とか、タイトルはシンプルですね。『ユーレイ』の最初のデモも入ってます。らいむさんは普段ギターの弾き語りで曲を作っているそうです」

「『東京』って曲もあるでしょう？」

「あ！　あります。え、猫宮さん知ってたんですか？」

「いや別に」

「じゃあなんで」

「大したことじゃないんです。よほどの才能でもなければ曲を作り始めたばかりのシンガーソングライターのアイデアというのは、変わり映えしない似通ったものになりますからね」

「『東京』というのは、ありがちなタイトルだということですか？」

「その通りです。でも今回の曲は……とりあえずその曲たち、こっちにも送っておいてくださいね。それから大川原さんの件も、進んだら教えてください。歌詞は三日後くらいまでには調整して送りますよ」

「わかりました。猫宮さん、あの……」

「どうしました？」

「またやっかいな仕事に巻き込んでしまって。すいません」

素直な気持ちだった。ただ一方で、猫宮がこの案件をどうまとめるのかということには興味がある。大川原の評判と比べても仕方がないのだが、わたしにしてみれば猫宮のある種の問題解決能力も、他では出会ったことがないものだった。

「いえ、このくらいぜんぜんやっかいのレベルじゃないですよ。それに僕にとっても、気になってたことでもあるんで。じゃあ、僕は寄り道して帰ります」

「はい。ではまた。今度またスタジオにも伺います」

「ええ、いつでも」

返事をしながら、すでに猫宮は歩きだしていた。

4

言われた通り三日後には、猫宮から歌詞の直しが送られてきた。たしかに大きく変わったところがあるとは思えないが、部分的にブラッシュアップはされており、わたしの目から見てもこちらのほうがより音とのハマりがよいことはわかった。

わたしも最近では、歌詞やメロに「何かが足りない」時がわかるようになってきている。でも、それが正確になんなのかがすぐに答えられるわけではないし、ましてやどう修正すればいいのかということまでは考えが及ばない。その能力を身につけることは音楽をこれから作っていく上で必須の能力なのだろうと思うが、プロの仕事を見るとそもそもいずれは身につくものなのかどうかすらわからなくなってくる。

「そういえば渋谷って今度はらいむの案件に関わっているんだっけ？」

久々に会社で会った課長に、呼び止められた。最近は現場に直接向かうことも多く、上司と顔を合わすのは頻繁ではなくなっていた。

「はい。猫宮さんに作詞に入ってもらっているのもあって」

「ああ、猫宮さんね」

上手くいっているようでなにより、と上司は言った。

「そういえば、課長はプロデューサーの大川原さんとはお仕事されたことありますか？」

「らいむのプロデューサーか。結構前だけど、あるよ。それが？」

「いえ、今回もボーカルディレクションだけは頼む予定で」

「なるほどね。たしかに渋谷も勉強になると思うよ。あれはなんというか、センスなのだろうね。しかし複雑な事情はあるのかもしれないけれど、頑張ってくれよ。次のシングルはらいむにとっても勝負だと社内で言われている。次のステージに行けるかどうかの――」

「あの……課長、わたしたちっていつも次は勝負の曲とか、今年は勝負の年とか言ってませんか？」

「それは、つまり――」と言い課長はもう次の会議のある部屋に向かおうとしていた。

「いつだって勝負ってことだよ」


有原から、大川原がボーカルディレクションを引き受けた、という連絡があった。レコーディング当日は、らいむ、有原、大川原が参加するらしい。進藤が来ないのは、有原の気遣いだろうか。たしかに、彼は大川原の付き人を辞めた身であり、現場でかつての師弟の意見がぶつかるようなことがあったら、名曲が録れる雰囲気とは言えないものになるだろう。

レコーディングは先日と同じスタジオで行われるということだった。猫宮とは前回と同じ場所で待ち合わせる予定だったが、今日は猫宮から「スタートからちゃんと行きましょう」と連絡をもらったので、朝十時半に三軒茶屋駅で落ち合うことになった。

音楽業界としては早い時間だが、電車の混雑はすでに朝のピークを過ぎている。

「猫宮さん、送っていただいた楽譜、印刷してきました」

「ああ、どうも。歌詞を書くときに、ボーカルの部分を楽譜に起こしたんです。今日も何かに使えるかなと思って」

「猫宮さんはいつも楽譜を用意されるんですか？」

「いや。しないですよ。ただ、今日は進藤さんもいないのなら、もしかしたらこういう雑用をする人もいないんじゃないかって思って。現場で急に必要だとなったら不便ですから。それにどうせ作ってあったものですし。急に印刷頼んじゃってすいませんでした」

「わたしも助かりますし、それはいいんですけど」

本来楽譜などを用意するのはディレクターの仕事なのだが、今回わたしはディレクターとして現場に入っているわけではない。あくまで猫宮の付き添いなので、どこまでやるべきかというのは気を遣うところではある。猫宮が準備してきてくれたものを渡すのであれば問題はないだろう。

スタジオに着くと、ほとんど同時にらいむや有原も入って来た。中ではレコーディングエンジニアがマイクの準備を始めている。大川原はまだ来ていないようだ。

「猫宮さん、お忙しい中ありがとうございます」

有原が言う。らいむも横で頭をちょこんと下げて、礼を言う。

「完成度も上がって、それに元のニュアンスもしっかり残していただいて、やっぱり猫宮さんにお願いしてよかったです」

「ご本人にそう言っていただけるならよかったです」

「今日もわざわざお越しいただいて、ありがとうございます。いつもボーカルレコーディングにはいらっしゃるんですか？」

「できるだけ参加してますよ。あ、そうだこれ」

　猫宮は楽譜を渡す。

「え、これ」

「歌詞を書くときに譜面を起こしたので、よかったら使ってください。と言ってもらいむさんは、歌うときにわざわざ譜面で確認したりはしないですかね」

「いや、そんなことないです。あったほうが、みなさんとのやり取りがわかりやすいですよ。今までの大川原さんプロデュースのときも、進藤さんとかが準備してくれていたものがありました。目の前にあるほうが落ち着きます」

「あまり楽譜にとらわれすぎず歌ってください。とは言ってもそのあたりは大川原さんがうまく導いてくれると思いますけど」

　猫宮は笑った。

　レコーディングブースにらいむが入り、声出しを始める。有原によれば、らいむはいつも数回軽く歌うだけですぐに本番の調子に合わせることができるらしい。いつもこのスタジオで歌を録っているようで、機材のセッティングはすでに終わっていた。

　しばらく声出しをしているらいむの様子をスタジオのコントロールルームから見ていると、大川原が入って来た。紺のジャケットに、白いパンツ、靴も革靴でここにいる誰よりもフォーマルな服装だった。どれも高級品なのだろう。後ろに若い男性のスタッフを従えている。新しい付き人だろうか。

「おはよう。ああ、猫宮くん、お久しぶり」

「お久しぶりです。大川原さん、今日はよろしくお願いします。無理言ってすいません」

「いや、いいんだよ。久々に猫宮くんと仕事というのも楽しみだし」

「こちらは渋谷さんです」

「どうぞよろしく、大川原です」

もちろんメディアなどでは見たことがあったが、直接会うのは初めてである。いかにも仕事ができそうな身のこなし、そして喋り方だ。威厳があるが、かといって排他的ではない。背は高くないが、この一瞬の挨拶でも強く目を見て話しかけてくる様に圧倒される人も多いだろう。

らいむがレコーディングブースからマイクを通して大川原に挨拶をする。

「ああ、わざわざいいよ、そのままで。とりあえずちょっと歌ってみようか」

「はい。お願いします」

「大川原さん、こちら歌詞と譜面です」

猫宮が自ら、大川原に紙を渡した。

「悪いね、ありがとう。ああ、それにしてもいい歌詞になったね。もともと曲も歌詞も悪くなかったけど、これでしっかり新しい時代感というか、有り体にいえばオリジナリティも出たと思うよ。猫宮くん、ありがとう」

「いえ、これが僕の仕事ですから」

「最近のシンガーソングライターはやたらと、自分だけの力で書きたがる人が多いし、むしろそれが当たり前だと思っていたりするよね。自分で作ったものじゃないと言葉がファンに届かないなんて考えている子が多い。それにスタッフも同じような考えだったりする。たしかにそれだけの力を持ったシンガーソングライターもいるけど、そんなのはごく一握りだ。歌う力を持ったアーティストはそれだけで十分素晴らしい能力なんだから、それ以上のことは周りがしっかりサポートすればいいんだけど、どうもわかってない人が多い。そう思わないかな、猫宮くん」

「そうですね。曲のクオリティさえ上がれば、僕にとってはそれがすべてです」

「そういうことだよ」

スタジオのコントロールルームで話していることは、もちろんブースにいるらいむには聞こえない構造になっている。話したいことがあるときは、トークバックマイクのスイッチを押して話すのだが、わたしはいつも押すタイミングが難しいな、と思っていた。そのスイッチは今はもちろん、大川原の前にある。

「さあ、それじゃあいってみようか。『ユーレイ』、名曲になりそうだ」

『ユーレイ』

僕がいなくなったら、君はどこにいるの?
君がいなくなったら、僕はどこにもいない

僕がいなくなったら、君はだれといるの?
君がいなくなったら、君はどこにいくの?

レコーディングは実に順調に進んだ。らいむはたしかにわたしが今まで見た中でも、抜群の実力を持つシンガーであることは間違いなかった。一言でいえば対応力が突出している。一度歌った後で、ディレクションで指示されたことに対して次のテイクでは一二〇%で返してくる。つまり問題を解決した上でさらに別の解釈も加えてくるのである。

こういう場合例えばオリジナリティのある解釈を加えてくる人はいても、指示をクリアした上でプラスアルファしてくるというのはなかなかできることではない。それに彼女の歌は、透き通るような歌声でいて、力強さも持っている。まさに「多くの人に届く歌」とはこういうことだと、その声だけで納得させるのだ。録音後の編集もほとんど必要ないだろう。

さらに猫宮の言葉通り大川原のディレクションも、まさに的確といえるものだった。この曲のポイントはサビとそれ以外の部分の温度差だ、と大川原は言った。ユーレイは冷たい、しかし一方でユーレイというのはもともとは「人間」であったわけだ。それを歌の息遣いで表現する必要がある、と説明した。

この要求にすぐに応えられるらいむにも驚いたが、的確に表現していく大川原もやはり売れっ子プロデューサーと言われるだけのことはある。楽譜を見て確認したり、何かを書き込んだりする様子もなく、らいむが歌っている間は目を閉じて聴き、その後は無駄のない指示を出すだけでレコーディングは進んでいった。

「猫宮くん、なにかあるかな」

一通り録り終えた大川原が猫宮に訊いた。

「いや、素晴らしいと思います。それに、僕も勉強になりました」

猫宮はそう言ったが、わたしには少し気になっていることがあった。『ユーレイ』という曲をこのまま出していいのだろうか。当の大川原が発した盗作疑惑はまだ解決していない。

「それじゃあ、わたしはこれで。このあとミックスやなんやもあるんだろうけど、それは進藤くんやみんなに任せるから」

「ありがとうございました」

らいむと有原、そして猫宮が言った。猫宮は大川原が出ていくのを見届けてから、

「それじゃあ渋谷さん、僕らも行きましょうか。みなさん、完成を楽しみにしています」

「猫宮さん、あのわたし――」

「話は帰りがけにでも」

5

「渋谷さん、何か心配事でも?」

「いや、あの……やっぱりこの曲って本当にこのまま出しちゃっても大丈夫なのかなって」

猫宮は無表情で応えた。

「素晴らしい出来だと思います」

「それはもちろん、今日のレコーディングでも感じました。ただ、やっぱり最初の話が気になっちゃって」

「盗作なんじゃないか、ということですか？」

「はい。でも、大川原さんも今日は普通にレコーディングしてたし、気にしなくていいんですかね。まさか大川原さんの曲を盗作したってことではないでしょうけど。それなら、さすがにボーカルディレクションにも関わってもらえないですよね」

「ああ、盗作って大川原さんからだと思ってたんですか。なるほど。でも、あの曲は大川原さんが作ったものではないですよ」

猫宮は断定した。

「そうなんですか？」

「間違いないです。でもそんなに気になるなら渋谷さんもこの後一緒にどうですか？　僕も一つだけ確認したいことがあって、進藤さんと会うことになっているんです」

わたしが知らないうちに、猫宮は進藤と話す約束をしていたらしい。曲の出来が素晴らしいのはたしかに間違いないが、このままでは何かもやもやとしたものが残ってしまいそうな気がしていたので、誘いに乗ることにした。

タクシーで移動して、渋谷駅近くのイタリアンに入った。チェーン店でもないのに、二十四時間営業らしい。今まで何度か前を通ったことはあったが、入るのは初めてだ。

「進藤さんには先に入ってもらってるんですが……ああ、いましたね」

猫宮と共に進藤のいる奥の席に進む。

「猫宮さん、どうも。渋谷さんもいらっしゃったんですね」

先に座っていた進藤が話しかけてくる。

「すいません、急にお邪魔して」

「いや、ぜんぜん大丈夫です。レコーディングはどうでしたか？」

進藤はすでにビールを飲んでいるらしい。メニューを見ると、ソフトドリンクもかなり種類があり、とりあえず二人ともオレンジジュースを頼んだ。

「順調でしたよ。進藤さんのアレンジも素晴らしいですね。ありがとうございました」

「そうでしたか、それはよかったです。でも、お礼を言うのはこちらです。猫宮さんのおかげで歌詞もさらに完成されたものになりました。『ユーレイ』というテーマにもよりぴったりだと思います」

「そういえば、進藤さん、この曲の仮タイトル『ユーレイ』というのは、これが本タイトルでもいいかなと思うんですけど、どうですか？」

「いや、それは僕の口からは何とも言えません。猫宮さんやらいむさんが決めることですから」

猫宮はそれを聞くと、少し笑って、

「ユーレイのユーは幽玄の幽ではなくて、アルファベットのU、ですよね？」と言った。

「え、そうなんですか？」

思わず声を上げた。

「猫宮さんは、どうしてそう思ったんですか？」

進藤が訊く。顔が少し強張っているように見えた。

「さっきレコーディングからの帰りがけに渋谷さんが、『ユーレイ』をリリースすることを少し心配していたんです。それはきっと、大川原さんが最初にこの曲について盗作じゃないかと言ったことも理由にあるんでしょう。もしかして、大川原さんの作った曲をらいむさんが勝手に使ったんじゃないかと思ったわけですよね、渋谷さん？」

「はい、その可能性もあるのではないかと思っていました。ただ今日、大川原さんが来てくれたことで、それはないとわかりましたけど」

わたしは思った通りのことを答えた。

さすがに自分の曲を盗まれていたとしたら、抗議こそすれ協力するということはないだろう。それとも何か取引が行われた、なんてことがあるのだろうか。

「もちろん、あの曲は大川原さんが作ったわけではないですよ、ねえ進藤さん？」

「どういうことですか？」

「そもそも、今までのらいむさんの曲も、大川原さんが作ったものではないですよね。もっと言えば、おそらくはらいむさん以外の曲も彼は作曲してないんじゃないかと僕は思っているんです」

猫宮が確信に満ちた顔で言う。

わたしはその言葉に驚いて進藤と猫宮の顔を交互に見比べていた。進藤は変わらず猫宮のほうを凝視していた。

「本当に？　じゃあ大川原さんが作った曲というのは、別の誰かが作っていたってことですか。どういうことなんでしょう。というか、どうしてそんなことがわかるんですか？」

わたしが聞くと猫宮はゆっくりと話し始めた。

「前にも少しお話ししましたが、大川原さんとご一緒した時に譜面の配布ミスがあったんです。その日は二曲を一日でレコーディングする予定でした。その時、どこで間違ったのかその二つの曲の楽譜がそれぞれ逆の曲の楽譜として、大川原さんに渡されてたんですよ。それでもレコーディングは最後まで進行したんです。違う楽譜を持ったまま終わりました」

「どういうことですか？」

進藤が訊いた。

「大川原さんは楽譜をまったく読んでいませんでした。そして、おそらくはほとんど楽譜が読めないんでしょう。ですから曲を書くこともできないんじゃないかと、僕は考えたんです。もちろん譜面を正確に書けなくても、作曲ができないわけではありません。ですが、あのくらいのメロディ譜の違いがわからないとなると、さすがに作曲を仕事にするのは難しいでしょうね」

「え、それじゃあ大川原さんは楽譜を読まずに、音楽プロデューサーをやっているってことなんですか？」

「曲が書けなくたって、楽譜が読めなくたって、問題はないですよ。極端にいえば求められていることができれば本来はそれでいい。あのボーカルディレクションの能力だけで、十分に仕事として成立しているというのは、渋谷さんも今日わかりましたよね」

でも、と進藤が口を挟んだ。もちろん、これが事実だとしたら進藤は秘密を知っていただろう。

「猫宮さんが見たという楽譜の入れ替わりの話、大川原さんがあえて言わなかっただけのことじゃないんですか？　もし、自分で作った曲だったらメロディくらい覚えているだろうから、進行する上でも問題ないし、入れ替わっていることを言うまでもないはずです」

「僕もその可能性はあると考えました。だから別にその時はそれだけのことだと思っていましたよ。ただ少しだけひっかかっていたのは事実です。だから、今日は進藤さんがいらっしゃらないということで、僕がレコーディング用の譜面を作ってきたんです。これを――」

なるほど、そういうことか。

猫宮は進藤に楽譜を渡す。

「猫宮さん、もしかして大川原さんにだけ違う楽譜を渡していたんですか？」

「ええ、すいません。でも、もし大川原さんがそれに気づいたら、ただ僕が間違えたと言って謝ればよかっただけの話ですから。今回は手の込んだことをしてしまいました。とにかく、今回の『ユーレイ』に関して言えば、作曲はらいむさん、ということになっている。自分の書いた曲ではないなら、なおさらメロディは楽譜と照らし合わせて、歌っているメロディと楽譜が違っていたら音楽プロデューサーとしては当然指摘せざるを得ないですよね。でも、今回レコーディング中、楽譜の誤りについて触れられることは一度もなかった」

猫宮がそこまでのことをしていたのも不可解だが、それ以上に大川原がまさか譜面も読めないで、ずっと音楽プロデューサーを続けていたという事実には驚かざるを得ない。しかし、ではいったい今までの曲は誰が書いていたというのだろう。ゴーストライターのゴーストライターがいたということになるのだろうか。と思ってわたしは自分の想像に少し笑ってしまった。

「どうしたんですか？」

猫宮がわたしの様子を見て、訊ねてきた。

「いや……でも、ということはらいむさんのゴーストライターである大川原さんにも、ゴーストライターがいたってことなんですか？　ゴーストのゴーストが。え？　ってことはもしかして……」

「進藤さん」

猫宮が進藤に話し掛けた。

「僕としてはこのことがわかったところで、特に公にしようという気もないですし、曲さえ良ければそれでいいと思っているんです。もちろん、ゴーストライターがこのことで実害を受けているとか、書いた曲を無理やりすべて大川原さんのものにされているとかでなければ何も問題は無い……とは思っているんですよ」

それを聞いて進藤が喋り始めた。

「大川原さんが楽譜が読めない、というのはその通りです。作曲も……ただ、大川原さんは、自分の名前で出したほうが売れることになる、とおっしゃってました。本当の作曲者にとってもそのほうが良いと」

これではほとんど、大川原には実際にゴーストライターがいたことを認めているようなものだ。もはや進藤にとっても、隠すことではなくなったということだろう。

「大川原さんがそう言って、実際に曲を書いている人たちも納得しているなら、正しいのでしょうね。もっとも大川原さんには、書かれた曲の中でどれが売れるのかを見抜く力があったのはたしかでしょう。ただ、今回の『ユーレイ』に関してはどう思ったか。おそらく、曲を聴いた大川原さんは、『これは自分の曲を書いていた人間、つまり自分のゴーストが書いた曲だ』とすぐわかったんでしょうね。当然、らいむさん本人が作ったもののわけはない。それがらいむさんの自作曲として出てきたのであれば、『盗作』だろうと、推測したのだと思います」

「もしかして、進藤さんがずっと作っていたんですか？」

わたしが気づいて進藤の顔を見た時、進藤も同じようにこちらに顔を向けていた。おそらく、もう猫宮にはすべて知られている。ならばここですべてを話したほうがよいのだろうか、という確認に思えた。

「『ユーレイ』も進藤さんが作られた曲ですよね。それをらいむさんに渡した。大川原さんはすぐに進藤さんが作った曲だとわかったんでしょうね」

猫宮がそう言うのを最後まで聞き終えると、進藤は、ビールを一口飲んで頷いた。

「はい。それで大川原さんのところはすぐに辞めることになってしまいました」

進藤がゆっくりと答える。

「ただ、らいむさんには、僕が作ったということは伝えてありません。匿名で、自作曲として発表してほしいというメールをしました。らいむさんが、どこまで気づいているのかわかりませんが」

「らいむさんは、あなたの思惑通り『ユーレイ』を自作曲として発表しようとしたんですね」

「進藤さんは、らいむさんが指示に従うだろうという確信があったんですか？」

「彼は、らいむさんの、そして大川原さんのゴーストでもある。二人がこう動くだろう、こうなるだろうってことはわかっていたんでしょうね」

猫宮が代わりに答えた。


その後、三人で一時間ほど曲についての感想を話した。『ユーレイ』という楽曲が、ゴーストライターによって書かれたこと、むしろゴーストライターのゴーストライターによって書かれたということ自体についてはそれ以上、誰も触れることはなかった。猫宮は曲についても、アレンジについても進藤の仕事を絶賛していた。たしかにわたしから見てもそれらはまさにプロフェッショナルに洗練されたメロディであり、サウンドも時間をかけた丁寧で贅沢な仕上がりになっている。

猫宮という人は、曲やクリエイティブに対する評価を実にシンプルに行っている。良い曲だと思えば、その内容について語るし、そうでなければ何も感想を言わないのだ。

今日までの付き合いでそのことはわかっていた。そして彼は、大川原のプロデュースワークについてもただ賞賛の言葉を並べていた。猫宮に言わせれば個々にもっとも重要な、やるべきことがある、というのが音楽制作なのだ。

しかし、だとするとわたしはこの曲が出来上がる過程で何ができたのだろうか。

わたしは進藤と別れた後、気になっていたことを猫宮に訊いた。

「でも、らいむさんは、なんでこの曲をわざわざ出そうとしたんでしょうか？」

「彼女は全部理解していたと思いますけどね」

「やっぱりそうですよね」

「はい。彼女なりに、進藤さんに感謝していたんじゃないですか。だから何か、思惑があるなら乗ってみようと思った」

わたし自身も同じように考えていた。少し話しただけでも、らいむからはそのくらいのことをやってのける度胸は感じていたし、これまでの曲を進藤が書いていたのであれば、それは彼女にとって相当な貢献だったのは間違いないだろう。

「猫宮さん、進藤さんはどうしてあんなことをしたんですか？」

わたしは猫宮にもう一つの質問をぶつけた。

「自分の曲が、大川原さんの名前を使わなくても評価されるのかどうか確かめてみたかった。そう考えるのが妥当でしょうね」

「でも、それならばらいむさんの曲ということにせず、新しく自作曲として発表してみればよかったのではないですか？」

「それじゃあ、検証実験にならない。らいむさんが書いたという体にすれば、これまでらいむさん本人がいい曲を書けていなかったこともあって、ハードルはさらに上がるはずです。この条件で選ばれることがあれば、その楽曲は間違いないものだということになる。ただ、ただ——」

「ただ？」

猫宮は神妙な顔で言った。

「そうやってできた名曲でも、売れるかどうかはわからない」

「たしかにそうですね」

そういえば、とわたしは思い出した。

「猫宮さんは、どうして『ユーレイ』が進藤さんが書いた曲だってわかったんですか。他にもゴーストライターの候補がいたとしても、おかしくないはずなのに。それって、もしかしてユーレイのユーが、アルファベットのUだっていう話とも関係あるんですか？」

「Uはユナイテッドのですね」

「ユナイテッド？　アメリカのことですか」

「ユナイテッド・レコーディング・エレクトロニクス・インダストリーズ、頭文字をとってUREI。実際にはウーレイと発音するのが通例なんですけどね」

わたしは自分が時折、スタジオでその文字を見ていたことを思い出した。いつもエンジニアさんが触っているあの箱のような機材に、その文字が書いてあった気がする。

「ウーレイって、スタジオによく置いてある機材ですか？」

「そうです。有名なのは、UREI 1176というコンプレッサーですね。レコーディングスタジオだったら、どこのスタジオにも置いてある有名な機材です。プロのミュージシャンなら、個人で所有している人も結構いますね」

「何度か見たことがあります。でもその機材のことなんですか？ コンプレッサーって使い方というか、効果がなかなかわかりにくい機材ですよね。わたしもこの仕事に就いて、レコーディングスタジオで勉強するまでは使う意味も理解していなかったです。存在すら知らなかったというか」

「渋谷さんにも伝わったと思うんですけど、進藤さんは作曲家には時々いる、楽器や機材に強くこだわるタイプの人ですね。そして、その中でも特殊なことなのかもしれませんけど、随分と機材からインスピレーションを受けて楽曲を作るタイプのようです。たしかに、例えばヴィンテージの機材の中にはそれを使わないと絶対に得られない音色を持つものもあります。その音色から作曲のヒントを得る、というのはありえないことではないでしょうね。詞を書くときに、古典から引用したり、オマージュをする人がいるのと同じように」

「じゃあ、『ユーレイ』はＵＲＥＩからインスピレーションを受けてできたってことですか？」

「進藤さんから、何曲かデモを送ってもらいましたよね？」

「ああ、ロサンゼルス、何分発でしたっけ」

「六時一〇分ですね。ＬＡ－２Ａという機材があります。これもコンプレッサーなんですが、これとＭ６１０というマイクプリをあわせた、ＬＡ－６１０という機材を進藤さんが使っているらしいですよ。ちなみにＬＡというのはレベリングアンプリファーのことですが、まあロサンゼルスと読んだということですね。そういえば、最近はロサンゼルスのことをロスという言い方をしなくなって、Ｌ．Ａ．と言う人が多い。たしかにロスだと、英語でいえばtheの部分ですから、変な略し方だったということなんでしょうね」

わたしは他のデモ音源のタイトルを思い出して、記憶にある楽器の名前と照らし合わせてみた。

「木星、というのもありましたね。Jupiterって、たしかシンセサイザーでそんな名前の機材がありましたよね」

「デモでは実際にJupiter-8の音が使われてました。Jupiter-8や、ＵＲＥＩ　１１７６のようにもう新しく生産はされていないけど、現役で使われる機材たちというのを、きっと進藤さんのような方が、これからも音楽制作の中で大事に使ってくれるのでしょう。とても楽しみなことですね。今ではほとんどがプラグインといって、ソフトの中で再現されるものばかりになってしまいましたが、本当に大事な場面では実機も残っていくのが面白いところです。もちろんプラグインソフトにはそれはそれで良さもありますけどね」

「ユーレイですね」

「どうしたんですか、渋谷さん」

「プラグインソフトっていうのも、ユーレイみたいですね。実際にそこに物は何もないのに、何かしら機能を果たしている。しかもその大元になった機材には実体があります」

「ああ、なるほど。それじゃあ僕らはこれからの時代の霊能力者ですね」

『ユーレイ』という曲を誰が作ったのか、ゴーストはいたのか、そんな話はきっとこの曲を聴くほとんどの人にとってどちらでもいい問題だろう。有原の会社の社長が言うように、あるいは猫宮も言うように、聴く側にとってまず重要なことはその曲がどんな曲なのかということだ。

ただ、その作り手と聴き手をつなぐ役目である自分たちだけは、少なくとも曲を書いた人間たちのことを忘れてはいけない、とも思った。きっとそれを忘れてしまったら、曲は志向的な存在ではなくなってしまうのだろう。わたしたちが曲を作った人や、歌った人を覚えているからこそ、曲がまさにその曲であることが、確証される。

何気なく取り出したスマホを見ると、有原からメールが来ていた。内容を見て、そのままメールを猫宮のアドレスにも転送した。

「猫宮さん、今日の歌の録音が届いてます。わたし、イヤホンで聴きながら帰りますね」

「僕もそうします」

「あの……帰る前にひとつだけいいですか」

「どうしました？」

「わたしは、この曲に、ユーレイじゃなくて、そう、なにか残せたんでしょうか。音楽に関わる人間として」

猫宮はほんの少し口元だけ笑って、頷いた。

「僕はユーレイに頼まれても歌詞を書いたりはしない、ですからね」

深い海

1

問題を作るのと解くのは、どちらが難しいのだろう。学校、という組織に属した十数年を経て、卒業してすぐ社会人となり、わたしは今レコード会社で音楽を作って、そしてそれを売ることを仕事にしている。

学生の頃も今も基本的にはずっと、問題を解くのがわたしのすべきことだった。わたしが解くべきものとは学校ならテストだろうし、今だったらどうやって曲を、CDを売るのかという問いである。

CDが売れない、というのはもう何年も前から言われ始めたことだ。わたしがSレーベルスに就職した頃にはもうすでにそう言われていた。単純に考えれば、それは時代の流れの中で当たり前の帰結だ。CDの中に入っているのはデータである。データを手に入れるだけなら、今はインターネットからダウンロードしたり、ストリーミングで聴くほうが明らかに合理的で無駄がない。

CDをケースから取り出して、CDプレイヤーに入れるという作業もいらないし、最近ではCDプレイヤーだってどこにでもあるものではない。今だったらCD一枚を購入する値段で、一ヶ月の間ほとんどどんな音楽も聴き放題なのである。

もちろん、ジャケットが好きとか、アーティストのためにCDを買って還元したいとか、色色な理屈に訴えかけることはできるだろう。けれど、音楽を聴くことがCDの一番本質的な目的であるとしたら、少なくとも今その目的のためにはCDというのが便利な方法であるとはとても思えない。

だから、いつ誰が発明したかは置いておくとしても、CDに別の価値を与えて発売しよう、というのはまったく新しい問題の解き方だったと言えるだろう。アイドルだったら握手券をつける、バンドだったらライブの入場チケットをつける、ファンは特典を目当てにCDを買う。極端なことを言ってしまえば、もはやみんなCDそのものを買っているわけではないのだ。

「でも、そこまでするならどうして握手券を直接売らないんですか?」

ミドリが聞いた。この問いへのレコード会社の答えはもうお決まりだ。ミドリだってプロの作詞家の弟子なのだからわかっているだろうとは思いながらも、わたしは教科書通りの答えを口にする。

「それはCDを売らないとレコード会社の利益にならないからだよ。あとは音楽チャートだよね。ランキングが、CDの売上枚数によって決められているから売らないわけにはいかない。オリコン握手券チャート、ってわけにはいかないし」

「でもそれなら握手券チャートっていうのを作ったらいいのに」

「実際、今となってはほとんどの人が、純粋な人気のランキングではないと思ってチャートを見てるんだから、このままでいいんじゃないのかな。意味があると思っている人がいる限りは続くんだろうなとは思う」

「意味がないんですか？」

「まったくない、ということはないと思う。でも他にもっと気にするべき基準が今はいっぱいあるってこと」

去年、大学時代の恩師を通じて、作詞家の猫宮という人物と知り合った。わたしはそれ以来、仕事の合間を見つけては、彼の仕事場に遊びに来ている。遊び、とはいっても一応、会社には仕事でと伝えているし、実際にここで話していることはほとんどがわたしの仕事に関連する相談だった。

猫宮のスタジオまでは会社から電車で十分、駅から歩いて十分程度だ。この絶妙な距離が、わたしを日々ここに誘っているのは間違いない。

本当のところ具体的な何かを相談したいのか、それともここに来るために何を相談しようか考えているのか、鶏と卵の問題のようにわからなくなっている気がする。

ただ、ここに来れば問題が解決するということもあるが、何か自分が仕事について抱えている悩み、あるいはフラストレーションの一部が、実際にはそれほど悩むようなことではない、と気づかされるだけのことも多い。

猫宮に言わせれば、音楽に関する問題はわたしたちが扱っている楽曲側にすでに答えがあって、あとはそれを見つけるだけだということらしい。たしかにその通りだし、最近は自分だけでもそう考えて仕事に臨みたいとは思うようになっていた。

今日、猫宮はまだスタジオに来ていない。彼に連絡をする際はいつも、「明日伺います」としか言わないし、断られたこともなかったのだが、大概彼はここにいて出迎えてくれていた。しかし今日はスタジオに着くと、猫宮のアシスタントをしているミドリが一人でレコードを聴いているだけだった。

「かえでさん、猫先生に何か相談があったんですか」

「うん、ちょっとね」

「たぶん先生はまだしばらくは来ないと思いますし、僕でよかったら聞かせてください」

ミドリはまだ十六歳だが、猫宮の元にいるだけあって、すでに高校二年生の年齢とは思えないほど物事を知っている。わたしよりも知識の量は豊富で、特に歴史や科学といった分野に関してはとても敵わない。

高校は入学して数ヶ月で辞めたと言っていたが、たしかにこれだけの知識があればわざわざ授業に出て勉強する必要はないのかもしれない。わたしは何も考えずに、周りもみんなそうするから中学・高校・大学と進学したが、もし自分が十五歳くらいの頃に猫宮に会っていたらどんな選択をしただろう。

「わたしが新しいアイドルグループの担当をすることになったのは、前に一度話したかな？」

「言ってましたね。相談ってそのことですか？」

「Kプロって知ってるかな？　大手の芸能事務所なんだけど。そこから独立した芸能マネージャーが、新しいマネージメント会社を作ってそこで立ち上げたグループなんだよね。独立した、といっても、Kプロがかなりの部分で資本としては入ってて企画を主導しているんだ。うちのレーベルはKプロから頼まれたら絶対に断れない。しかも今回のプロジェクトはマネージメントが静岡県のメディアと一緒に組んでるんだけど、県の行政なんかも応援してくれてる。後には退けない案件ってわけ。結成は最近だけど、まだイベントも何もしてないうちから、いきなりメジャーデビュー」

「へえ、そういうことってあるんですね」

「あるよ。こうやってトップダウンで決められて上手く進むことはほとんどないけどね。ただ、メンバーの五人と話してみたら、地方出身の純粋ないい子たちだし、現場のマネージャーの坂《さか》本《もと》さんも初の大きな仕事みたいですごく気合が入っている。Kプロのお偉方と、うちのSレーベルスとの板挟みで、随分と大変そうではあるんだけどね」

「へー。それでかえでさん、猫先生に歌詞を頼むんですか」

「うん、そう思ってたんだけど、なかなか依頼できそうなタイミングがなくて。それに最近、猫宮さんもちょっと忙しそうなのかなって」

「そんなことはないと思いますよ。猫先生が忙しいなんてこと、今までなかったですし」

それが本当なのかはよくわからなかったが、このスタジオに頻繁に来るようになるにつれて、仕事を仕事として頼みづらくなっていた。それだけ親しくなっている、と単純に考えていいのかわたしには答えが出せなかった。

「で、そのアイドルなんだけど……」

少し躊躇したのをミドリは見逃さなかった。この察しの良さは猫宮によく似ている気がする。

「なにか問題でもあったんですか。そういえば最近アイドルのスキャンダル多いですもんね。スキャンダルというか、こんなどうでもいいことまで、よく調べたりネタにしたりするな、っていうことばっかりですけど」

ミドリがアイドルのニュースに多少なりとも詳しいのは意外だったが、それならと話を進めた。

「わたしもアイドルを担当するってことになってから、界隈のニュースとかよく見るようになってさ。それこそ地下アイドルまで。そうしたら毎日、誰かが辞めたとか、運営の金銭トラブルだとか、本当に耳を疑うような話ばかり。一日一つは新しいグループができて、一つは解散しているんじゃないかな」

「ははは、でもそこにかえでさんも足を踏み入れるってわけですか」

「足を踏み入れるとまでは言えないと思うけど」

そう言いながらも、すでに不安はあった。

「えっと、それで……五人組のグループなんでしたっけ。五人組っていいですね、江戸時代のあれだ」

「あ、なんだっけそれ。日本史で習った気がする」

「ごめんなさい、別に関係はない話です。江戸時代に、村の中で一番小さい単位として、百姓とか町人を五人で一組にしたんです。要は年貢をちゃんと納めるようにお互いがお互いを見張らせたんでしょうね。でもグループアイドルもお互いに意識し合うっていうのはありますよね」

「それが五人組か。何でも知ってるね、相変わらず」

「中学校の教科書に載ってますよ」

そう言われるとそんなものがあった気もする。今の自分に必要のなくなった情報は、どんどんと抜けていっているのだろう。

「そうだっけ。とにかく五人組なんだよ。せっかくだからメンバーを一人ずつ紹介するから、聞いてくれる？　事務所からも常にこの順番で紹介するようにって覚えさせられたんだから」

ミドリは笑ったが、こうやってメンバーを担当カラーで分けて、いつも同じ順番で紹介して、というのは理に適っている気もする。自分がまったく知らないグループを見たら、少なくとも色や並び順などの限られた情報でメンバーを識別するしかないのだから。

「それじゃあ――、はい、お願いします」

わたしは名前入りの写真を一枚ずつ取り出しながら、ミドリに説明を始める。

「グループの名前はBSCS。名前にはちゃんと意味があるみたいなんだけど、それは今はいいか。メンバーは最初に赤色担当、芦田《あしだ》サリー」

「ブロマイドっていうのもアイドルっぽくていいですね」

ミドリがブロマイド風の写真を手に取って、じっくりと覗き込んだ。ブロマイドという言葉を発声したのはわたし自身、この仕事に就くまでなかったかもしれない。

「まあ、そこはいいでしょ。それから青ね、廣川《ひろかわ》アイリ、それと緑が廣川ユウリ、それから紫が柳井《やなぎい》リサ、あと白が城山《しろやま》スズカ」

「一遍に言われても一度には覚えられないですね」

「それはそうだよね」

そう言いながらも、ミドリだったらすでに覚えていそうではある。

「あ、この廣川さんって、もしかして姉妹？」

「よく似てるでしょ。でも、苗字でわかるか。アイリがお姉ちゃんで、ユウリが妹」

ミドリは意外そうな顔をする。

「あ、そうなんですか。逆かと思った」

「たしかにユウリのほうが大人っぽいかもね。まあどっちもまだ十八と十六だけど」

「姉妹で、同じグループで活動するっていうのは珍しいんじゃないですか？　オーディションを一緒に受けに来たんですか？」

「それがね……まあざっくり言えば、この二人は事務所幹部の親族なわけ」

「そういうパターンもあるんですね」

飲み込みが早い。しかしわたしにとっても、このことは特に問題ではなかった。

「コネがあるっていっても、映像で見た限りでは歌やダンスの基礎もできてたし、ビジュアルだっていいでしょ？　こちらとしては問題はなかったんだけどさ」

「なかった？　ってことは今は何かあるんですか」

さすがに作詞家の猫宮のアシスタントだけあって、言葉の微妙な引っかかりに対して敏感である。場合によってはただの揚げ足取りにも思えるが、ミドリのそれはいつも上手く会話を進行させる役割を担っていた。

そういえば猫宮に関しても同じようなところがある。影響を受けているのか、それともミドリ自身の持っている能力なのか、今度猫宮に聞いてみよう。

「うん。コネがあることは良いのだけど、今は別の問題がある」

わたしは答えながら、一週間ほど前の記憶を引っ張り出した。頭の中でなるべく隅のほうに置こうとしていたせいか、少しだけアクセスに時間がかかる。

「廣川姉妹に、ってことですよね？」

「そうなんだよね。実は、妹のユウリちゃんが急に来なくなっちゃったらしいんだ」

「来なくなった、っていうのはどういうことですか」

ミドリは淡々と質問を続けた。

「うーん……そのままの意味だよ。経緯を説明すると……発端はあの仕事にあったのかな。その日は一日、web媒体の取材を受けることになってたんだ。まだほとんど稼働してないグループだから取材自体が初めてだったのね。うちの会社にメンバー全員で来るのも、わたしがグループとしての仕事に立ち会うのも、全部初めてだったのだけど、その日にユウリちゃんが来られなくなったわけ」

「なるほど」

「マネージャーからは病欠だって言われたんだけど、Sレーベルスとしても最初の取材にメンバーが全員揃ってないんじゃ意味がないってことで、いったん取材もバラしてもらったんだ。で、翌日またマネージャーに確認をとったら、その日以来ユウリちゃんと連絡が取れないと」

「あれ、でもその子って親がKプロの人なんですよね」

「親戚ね」

「それなら少なくとも連絡は取れるんじゃないんですか？　だって十六歳なんでしょ。だったら親戚を通して家族に連絡をしてもらえば……」

「もちろん、それはKプロにも確認してみたよ。ただ、親から連絡がつけばなんとかなるわけじゃないって言われて、たしかにそうだなと。だってほら、あなただって例えばわたしが親御さんを通して、『やっぱり高校は行きなさい』とか伝えたって、言うこと聞かないでしょ？」

「はは、うちの親だったら誰に何を言われても僕には一切何も伝えなそうですけど」

「良いご両親でよかったね」

高校を辞めて、昼間から怪しげな作詞家の手伝いをしていることに何も口を挟まないのだとしたら、ミドリは相当に信頼があるのだろう。

「じゃあ、それからユウリさんとはずっと音信不通ってわけですか。お姉さんの……えっと……アイリさんからも連絡は取れないんですか？」

「そうみたい。ずっと家に帰って来ていないって」

もちろんアイリから連絡ができないか、という確認はした。わたしが訊いた時、アイリはすでにユウリと連絡が取れないということはマネージャーから聞かされて、自分からもコンタクトを取ろうとしたようだった。

姉ですら連絡が取れないというのは改めて考えると緊急事態にも思える。しかし、それにしてはマネージメント側の危機意識が感じられない気がして、わたしは少し気分が悪くなった。

「で、どうするんですか？　かえでさんが頑張ってユウリさんを捜すとか？　まあでも、四人でやるしかないのか」

「いや、ところがそうはいかないんだよね」

「どうしてですか？」

「このグループは、五人じゃなきゃダメなんだよ」

わたしは、会社の会議室で事務所の担当者から最初に渡された資料を思い出していた。

「ほら、最近例の新しい高速通信システムが実用化されたでしょ。５Ｇってやつ。その関連システムの宣伝タイアップが最初の大きな仕事に決まってたんだよ。大元の事務所が強いし、新しいシステムの広告でちょうど新人を使いたかったみたい。だから五という数字にはこだわってるんだ」

「それで五人組なんですか？」

「なんだかバカみたいな話だけどね。五人組だってことが絶対条件。でもね、今となってはやっぱりあの五人で頑張ってほしい、というか頑張ってみたいなという気にわたしはなってるんだ。なんていうのかな、親心？　感情移入しちゃってるのかも」

「かえでさん、なんだかんだでいい人ですもんね」

「そうかな」

「そうですよ。猫先生とも上手くやれてるし」

「上手くやれてる？」

「僕が今まで見た中では一番」

ミドリは今までに何人、猫宮と仕事をする人と接してきたのだろうか。

「そうなのかな？　でも、ユウリちゃん、本当はアイドルやりたくなかったのかな」

記憶の中にあるユウリのまだ緊張が抜けない顔と、目の前の写真とを比べて小さなため息をついた。

2

新規グループの担当を任されるというのは、もちろんわたしにとってもかなり嬉しいことだった。今、その他にわたしが仕事をしているアーティストは二組ある。

ひとつはバンドで、一年半ほど前にSレーベルスと契約した。直接の担当は会社の先輩であり、わたしはアシスタントとして仕事に入っている。

もうひとつはアイドルではないが、女性ボーカルグループで、こちらも直接の担当は上司だ。

バンドに関しては、スタジオを押さえたり、細々とした資料を作ったりというのが主な業務だった。レコーディングでスタジオ作業に付き添うこともあり、自分にとっては楽しい仕事なのだが、忌憚《きたん》なく意見を言ったりできる立場ではない。

一方、女性ボーカルグループでのわたしの仕事は主に曲集めだ。さまざまな作曲家たちから「コンペ」として曲を募集する。その中からグループに合う楽曲を決めることがわたしと上司の重要な仕事だった。時には一日に数百曲から千曲近く聴くこともある。

どちらもやりがいのある仕事だが、やはりレコード会社の制作にいる以上は、いつかは自分のイメージするもっとも良いと思える曲を自分の手で作ってみたい。もちろん作詞も作曲も編曲もわたしにはできないが、幸いにも曲を集めるという仕事をする中で素晴らしい作曲家にも出会うことができた。チャンスがあればディレクターとして挑戦してみたい音楽のイメージが、いくつか浮かんでいたのだ。

そんなタイミングで、新規のアイドルグループを立ち上げるという話が、会社内に持ち込まれた。降ってきた仕事とはいえ、機会を逃したくなかったわたしは手を挙げた。

アイドルグループであれば、楽曲のコンセプトは周りのスタッフたちで作っていくことになる。特に今回は、事務所がSレーベルスと最初から組みたい、と言っている以上、楽曲については特にわたしたちが主導権をとるのが暗黙の了解、ということになるだろう。

つまりBSCSについていえば、わたしがまず楽曲の方針を決めていかなければならない。

アイドルグループの業務は、楽曲制作以外にも多岐にわたる。特典会や握手会なども含めて、その都度現場に足を運ばなければいけないことが多いので、実は社内でもあまりやりたがる人が多くない。

さらに今、会社の中には他にも女性アイドルグループのビッグプロジェクトが存在する。そちらと少なからずぶつかる可能性がある新規女性アイドルに、乗りたがる社内ディレクターはほとんどおらず、わたしの希望はすぐに通ったのだった。もちろん、上司の確認は都度取っているが、基本的に今回の音楽的な部分については「自分でやってみろ」と言われている。

「結局さ、もうおじさんたちは逃げ切りたいだけなんだよね」

Sレーベルス一の巨大アイドルグループ「市ケ谷高校」のアシスタントディレクターをしている佐藤《さとう》と会社のロビーで会って、一緒に社内のカフェに向かった。ここでお茶をすることは打ち合わせの時以外あまりなかったが、かつてSレーベルスから発売されたレコードの名盤の数々が置いてあって、音楽会社らしい雰囲気がある場所だ。そういえば、猫宮のスタジオに通うようになってから目に入るレコードにだいぶ注目するようになった。

佐藤が担当している「市ケ谷高校」は、まさにCDよりも特典券を大量に販売しているアイドルといえるだろう。しかしその手法によってCDがしっかりと売れるので、楽曲制作にかけられる予算も他とは比べ物にならない。実際、音楽ファンが聴いても唸るような曲が集まっている、と業界内でも評判である。

「おじさんって、言い過ぎじゃないですか?」

佐藤の言葉は辛辣《しんらつ》だった。

「かえでちゃんはそう思わないの？　別に今の音楽の売り方がすべて悪いってわけじゃないけど、こんな荒技がいつまでも続くわけない。でもあと五年、このやり方で業界が持てばいいって思ってる人がほとんどな気がする」

「そこまで持てば、自分たちは退職して逃げ切り、ってことですか？」

「定年退職がそのくらいの人も多いだろうね。知ってる？　市ケ谷高校のために社内にできたマーケティング部なんて、半分くらい五十代だよ。戦力にならないけど、会社としてもおじさんたちをクビにはできないんだろうな」

佐藤がダメ出しするのも無理はない。その半分とされているおじさんは、九〇年代の功労者と言われる人たちなのだろう。その時代は無条件にヒット作が出ていた。もちろんヒットしなかった曲もたくさんあるが、今のＣＤの売上枚数を基準にしたら、単純な数でも十倍はあったといっても過言ではない。

だから、それほど能力がない社員であっても、ヒット作に関わることがあったのだ。大手レコード会社にいたら、ある程度必然だったといえる。しかし今となっては、同じ規模で売れる可能性があるのは市ケ谷高校くらいなのだ。であれば、そこに有能無能関係なく人が集まってしまう。

五十代で有能な人は、出世して現場からいなくなるか、独立している。社内にいたとしても、もっと自由なポジションを確立しているだろう。必然的に能力のない五十代半ば以降の社員が、例のマーケティング部に回ってくる。有能な若手社員である佐藤のような人間にとってはマイナスな存在でしかない、ということだ。

「しかし、新しいアイドルを担当したいっていうのは思い切ったね。かえでちゃんが手を挙げるとは思わなかった」

「作ってみたい曲があるんです」

わたしは素直に答えた。佐藤は少し驚いたようだった。

「それが一番。やりたいことがないなら、この世界にいても意味ないしね。でもね、アイドルグループをやるなら、楽曲以外にも気にしなきゃいけないことがいっぱいあるよ」

佐藤が少し苦笑いをしながら言った。嫌味を言おうとしている口調ではない。経験に基づくアドバイスなのだろう。

「例えば、なんですか？」

「まず間違いなく、メンバーのメンタルケアだろうね。うちなんて年間何人辞めてることか」

たしかに、大規模のアイドルグループでは年間何人もメンバーが脱退している（アイドルでは、そのことを「卒業」と言うのが通例だ）。しかし、グループを辞めるメンバーがいること自体は、アイドルとしてそれほど特別なことではないように思えた。

一生アイドルをやっていきたいという人は稀だ。卒業後は俳優になったり、モデルの道に進んだり、将来へのステップアップとしてアイドルを考えている人は多い。実際に業界自体がそれを当たり前のことと捉えている。

「でも、メンバーもたくさんいるし、辞める子がいるのは当たり前なんじゃないですか？」

「まあね。でも辞めるっていうのも本人だけの問題にとどまらないんだよ。例えば、他のメンバーにとっての精神的な支えになっている子がいなくなるダメージは、グループ全体に及ぶからね。だから外からじゃわからないこともいっぱいあるわけ」

たしかに何十人という人数がいれば、一つの学校のクラスや会社の部署に匹敵する人間関係が生まれるだろう。そこからメンバーが一人いなくなることが、単に卒業した個人の問題ではなく、メンバー全体の人間関係に影響するというのはわからなくもない。

中学生の時、ある仲良しグループの一人が転校したことによって、残ったメンバーはその後あまり行動を一緒にしなくなった、ということがあったのを思い出した。わたしとはあまり関わりのあるグループではなかったが、きっと転校してしまった子がグループのハブになっていたのだろうと想像はついた。あの子はなんという名前だっただろうか。

「まあ、とにかくメンバーのメンタルケアには気をつけて」

BSCSのユウリは、姉であるアイリにも連絡できないような精神状態になってしまったということなのだろうか。もしそうだとしたら、と考えて自分がユウリと交わした言葉を思い出そうとする。まだほとんど、大したことは話していないと思う。わたしの知らない何かが、彼女のメンタルに影響を及ぼしているのかもしれない。

渋谷駅周辺は、この数年でだいぶ景観が変わってきている。特に駅の南側、代官山や恵比寿へと繋がるエリアの開発は著しい。この辺りにビルを構えていたり、オフィスを予め持っていた会社は先見の明があったと言えるのだろうか。

暑くなってくる時期だったので、坂の多いこのエリアでの徒歩移動は少ししんどい。ビルが増えて、クーラーの効いた建物の中の移動だけで渋谷のあらゆる場所に辿り着くことができればありがたいが、そう上手くはいかないだろう。

以前この辺りに来た時によく入っていた店は、再開発でなくなっていた。それでもいまひとつ感傷が湧かないのは、再開発後の同じ場所に出店するという噂を聞いたからかもしれない。だが、新しくできたその店は元の店と同じだとどうして言えるのだろうか。店が移転すると、味が変わるのはよくあることだが、そもそも味の前に何か本質的な部分が変わってしまう気もする。再開発が完了したあとの渋谷も、本当にそこが渋谷なのかはよくわからない。

そういえば市ケ谷高校も、グループ結成のときのメンバーはもう数人しか残っていない。いずれは彼女たちも卒業し、グループのメンバーはすっかり入れ替わるだろう。しかしそれでも、市ケ谷高校は市ケ谷高校なのだ。名前の由来となっている「高校」にしても同じことで、三年で生徒がすべて入れ替わってもそこが「同じ学校」だと言えるのは、改めて考えれば少し不思議なことである。

「で、結局ユウリさんからの連絡はないですか？」

「はい。残念ながら」

ＢＳＣＳのマネージャーである坂本は想像していた以上に淡々と言った。まだ大学を出てすぐくらいの年齢だと思う。危機感がないというよりは冷静なのだろうが、もう少し焦った姿を見せてもよさそうなものだ。ユウリが来なくなった日から若干そわそわしているようには見えるものの、わたしが同じ歳の頃にこんな状態に陥ったら冷静ではいられなかっただろう。

そういえばわたしも来週には誕生日が来て二十八になる。レコード会社では若手であっても、マネージメントの現場には十代の人間も多いことを思い出した。

「アイリちゃんに連絡は？」

「もちろん、確認しています。ただ、アイリってちょっと変わっていて。わたしも含めてスタッフも上手くコミュニケーションが取れてないところがあるんです。正直に言えばわたしも全員と打ち解けるほど、メンバーと会ってから時間が経ってないんですけどね。それにしてもアイリは……ちょっと難しくて」

「前にも同じようなことを言っていましたね」

メンバー一人ずつの特徴を聞いたときに、廣川アイリはかなり寡黙で、問いかけにも基本的には黙って頷くだけで滅多に自分からは喋らないと伝えられていた。

アイドルとして、過度に内気な性格は活動する上で難点になるようにも思えたが、坂本からは「一人くらいはミステリアスなメンバーがいてもよいと思う」と聞かされており、一理あるようにも思えたので黙っていた。

姉に比べると妹のユウリは、かなりハキハキと喋るタイプだと思う。だから正直、失踪してしまう事態を引き起こす可能性があるとすれば、アイリなのではないかと思っていた。それが、どうにも今の状況に実感を持てない要因の一つかもしれない。

「アイリちゃんはかなり無口でしたね。わたしもそれほどたくさんアイドルに会ってきたわけじゃないけど、よくアイドルをやる決断ができたなとは思ったかも」

「え……ああ、そうですよね。すいません、かえでさんにそんな心配させちゃって」

「いいえ、でもだから意外だったというか」

「え？」

「いや、アイリちゃんじゃなくてユウリちゃんがいなくなったことが」

「たしかにそうですよね。失踪するならアイリのほうがありえる――なんて言っちゃうのは変かもしれませんけど」

アイリからはメールでも必要最小限のことしか送られてこないが、会話するよりは多少言葉数が多いという。文面を見せてもらったわけではないが、坂本が説明する分にはアイリの現状報告はそれなりに内容があった。

「でも、あの姉妹って二人でいる時どんな会話してるんでしょう。上手く想像できないな。二人で話してるところも見たことがないし。坂本さんの前ではどうですか？」

わたしはまだ、メンバー同士の関係性がわかるような現場に同行したことがなかった。レコード会社の担当であれば必要性は薄いのだが、今後のためにももっと知っておきたいという気持ちはある。それに、もし関係性を知ることができていれば、未然にトラブルを防げたかもしれないという後悔も少し膨らんできていた。

「普通だったと思いますよ。よくいる姉妹って感じで」

わたしがこれまで会ったことのある姉妹のように、二人が話しているところはまったく想像できなかったが、とりあえず相槌をうつ。

「そうですか。とりあえずはご家族との連絡は取り続けましょう。あとは、今後の活動をどうするか、ってことですよね」

「彼女に戻って来てほしいのはやまやまなんですけど、もしこのまま見つからないようだったらどうなるんでしょう？」

坂本の言葉が、BSCSを立ち上げたときとは違って、まるで他人事《ひとごと》のごとく発せられたのでわたしは少し驚いた。

「上司は、まだデビュー前でほとんど情報も出てないのだから、体裁さえ整えれば何とかなるだろう、と言っていました。ただ、5GのCMは難しいですよね」

「企画としてはもう決まっているので、すぐにひっくり返ることはないと思います。けれど、やはり形として五人組は崩したくない、という要望は先方からあるでしょうね」

「五って数字がポイントなわけですからね」

話していて、人を人として扱っていないような会話にぞっとしない感覚を覚えるが、事態を収める方法を考えないわけにはいかない。結局は、ユウリが見つかるのが一番良い解決方法なのだが、見つかったところですぐに活動が再開できるのかというのはまったくの別問題だ。

衝動的に姿を消しただけであればまだやり直しは利くが、モチベーションがこれまでと同様のところまで戻るには相当に時間もかかるだろう。

　そうなると、プロジェクトのスピード感には合わないし、他のメンバーも悪影響を受ける。姉のアイリの考えを聞いてみたいところではあるが、彼女の性格を踏まえるとそれも難しそうだ。

「あの……新しいメンバーをどうにか融通できないでしょうか」

　坂本は唐突に言った。

「Sレーベルスで探す、ということですか？」

　わたしは坂本の言葉に驚いて、そう返すしかなかった。

「ええ。弊社も企画が企画だけになんとか良い子をと思って無理やり集めてきたメンバーだったんです。なかなか別の子を探すとなると難しくて」

　BSCSへの熱意という意味では、坂本のそれが関係者の中でも一番だったようにわたしには感じられていたので、この発言はショックだった。

　今はデビューに向けて、進行も含めてかなり忙しくしているのはわかる。それに加えていなくなってしまったユウリを捜す、という難儀な仕事まで抱えてしまっている。

　もちろん、今回のような事態を起こさないことが、そもそもマネージメントの仕事ではあるのだが、少し気の毒にも思えてきた。

「わかりました。考えてみます」

「曲については、どうですか？」

「そちらはばっちりです。ただ……」

「どうかしたんですか」

「作詞家の先生に、ユウリさんについての話をしたんです。いや、正確にはアシスタントの子に話をして、先生に伝えてもらったんですけど」

「すいません、ご迷惑ばかりおかけしてしまって。怒ってらっしゃるんじゃ……」

坂本はさらに心配事が増えたという顔をしている。

「いや、怒ったりする方ではないですよ。ただその先生が言うには、それならユウリちゃんの地元まで一度行ってみたらどうかって」

「え？」

坂本の反応は、わたしがその提案を猫宮から聞いた時とほとんど同じだった。

「メンバーはみんな東京に住んでいるんですよね？　ユウリさん、アイリさんも静岡出身だとか。先生にもそれは説明したんですけど」

「はい、関係者の親族というのも二人の地元と同じ静岡の方です」

「実家に帰ってるってことはないんですよね？　それならすぐ連絡取れるか」

さすがにその程度の確認はしているだろう。親にとっても未成年の子供を東京に出して、コンタクトが取れなくなれば心配に違いない。

「はい。実家にも連絡はないそうです」

坂本はあっさりと言った。もう何度も連絡を入れているのだろうが、この状況で親に電話をするというのは随分と気まずいだろう。

「そうですか」

「ご両親は、娘のアイドル活動にはあまり興味がないようです。乗り気ではないというか。今回のことも元々は、ご両親よりも親戚の方が率先して動かれたみたいです。もしかしたら実家にさらっと帰れるような親子関係でもないのかもしれないですね」

坂本はひとつひとつ言葉を噛みしめるように言った。

「ただ、猫宮さん……その作詞家の先生ですけど、彼の言うことは本当によく当たるんです。だから確証があるわけではないんですけど、一度わたしは二人の地元まで行ってこようと思います。実家の場所だけ教えてもらえませんか？」

「え？　ええ。わかりました」

坂本は煮え切らない様子だったが、住所を後でメールすると言って打ち合わせは終わった。

3

「ユウリさん、見つかったんですか？」

最近さらに頻繁にスタジオに現れているせいか、訪問したのがわたしだとわかるとミドリは来客モードからいつもの砕けた顔に戻った。ミドリに促されるままに、ソファに座る。わたしも猫宮のスタジオでの所定位置が決まってきた気がする。

「まだ。これから捜しにいくの」

「えー……レコード会社の人ってそんなことまでするんですね」

ミドリは興味深そうに聞いてくる。猫宮から事の次第を聞いているわけではなさそうだった。

「普通はしないけど」

わたしにしてみれば正直、猫宮に何か当てがありそうだから彼を信じるだけである。本来ならこれらはどう考えてもマネージメントスタッフである坂本たちの仕事だし、そもそも誰かが追求するべきなのかもわからない。ただ、中途半端に終わることもできないな、と思い始めていたのも事実だった。

「アイリさんも心配してるでしょうね」

「名前、覚えてくれたんだね」

「ええ、まあ」

「そういえば、結構アイドルについても詳しいみたいだけど、意外と好きだったりするの？案外ドルオタだったり？」

「ドルオタ？　僕がそうなのかちょっとわからないですけど……この辺りって少し歩いたらアイドルのイベントをやってることも多いから、気になって調べるうちに少し詳しくなったんです。アイドルって決められたレールの上を歩くものだって思ってたけど、調べてみたらぜんぜん違いました」

ミドリは普段は見せない少しくもった表情になった。

「僕も中学生のときは学校に行けなかったり、色々と悩んでいた時期があって。なんていうんですかね……決められたことをただやる、っていうのができなかったんですよね。だから自由に活動しているアイドルとか、彼女たちが好きでライブに集まっている人たちも素敵だなとは思います」

「意外と自由に活動しているアイドルは多いんだよね。今はわたしにもわかる」

「やっぱりそうですよね」

「わたしも、自分が作りたい曲があるからアイドルグループを担当してみたいって思ったの」

「なるほど。自分の好きな楽曲をジャンル関係なく表現できるって、一番自由だってことですよね。僕自身もアイドルの自由な姿に気づいてから、彼女たちに勇気をもらって気持ちを切り替えることができて。それ以来本格的に興味を持つようになりました。だからアイドルファンかと聞かれたら、そうなのかもしれないです。まあ結局高校は辞めちゃいましたけどね」

「でも、それだって自由でしょ。むしろ普通の高校生よりずっと充実しているように見えるし」

「そうですか？」

「うん」

「でも、もっと何かしなきゃ、っていう漠然とした焦りはどこかにあります」

「何かって？」

質問したものの、その言葉の真意はわからないでもなかった。わたしの場合は大学生の頃に、周りが入学するやいなや積極的に様々な活動を始めるのを横目に見て随分と焦った時期がある。

あの頃は何か自分探しのような学生活動に参加するのが流行っていた。今にして思えば、それはほとんどみんな就職活動のために参加していただけだろう。つまり就職活動向けの自分を探していただけで、就職が決まればもう二度と振り返らないような取り組みだったのだと思う。それでも「何かやっている人間」と「そうでない人間」には明確に線が引かれている気がした。

自分は何者かになれる気がする。しかし実際にはこれといって何をしているわけでもない。授業に出て、サークルにもほどほど参加し、バイトも少しはする。それまで自分のことを特別だと思っていたわけではなかったが、さりとて平凡だとも思っていなかった。それが、急に随分と深いところに取り残されてしまったような気がしたのだ。ミドリも当時のわたしと似た気持ちを抱いているのかもしれない。

「いや、別に具体的な不安があるわけではないですけど」

「でも、猫宮さんのアシスタントなんて、高校生の頃のわたしが任されてたら、それだけで特別なことをしている気がしただろうけどな」

「それは、また別の話です」

「猫宮さんって、何か仕事や将来のために具体的なアドバイスを教えてくれることはあるの？」

「うーん、質問をすればその事実に関しては教えてくれますね。でも、そもそも猫先生って『人が人に何かを教えられる』ってことを信じてないんですよね」

「え、でも塾を開いているんだったよね？」

「そうですけど。結局勉強って勉強する側がやるかどうかじゃないですか。『教える人』と

『教わる人』という関係よりも、『すごいところを見せられる人』と『学びたい人』の関係なんだって以前言ってました」

たしかに一理あるかもしれない。やりたくもない勉強など、どれだけやっても身にならないが、すごいと思える人に出会ったときに、その人のようになりたいという意志から始まった勉強は身になるだろう。わたしは学生時代にはついぞ体験できなかったが、仕事を始めてからは何度かそんな風に思える人に出会えた。

「ということは、猫宮さんから何か学びたいことがあったってことなんだ?」

そう言うとミドリは笑った。

「ほら、猫先生って自由そうじゃないですか? 僕の知っている人の中でも一番」


久々の遠出だった。猫宮からも同行の申し出があり、二人で新幹線に乗った。

JRの三島《みしま》駅で新幹線を降りて、そこから在来線に乗れば一駅で沼津駅に到着する。この辺りのほうが新幹線が停まる三島駅周辺より栄えているように見えるが、新幹線が停まる駅と停まらない駅の違いは、単に発展具合で決まるわけではないのかもしれない。猫宮に仮説を披露すると「人口とは必ずしも関係ない」ということだった。

駅前のロータリーからは海のほうに向かうバスがいくつか出ている。観光客風の人たちはほとんどが海側へ行くようで、バスの列に並んだりタクシーに乗り込んだりしていた。

「ここからタクシーですか?」

猫宮がバス乗り場の行列を見て目を細めながら言った。

「はい。でも、ここからすぐみたいですよ」

「僕らの知ってる『すぐ』とは違うかもしれませんからね」

「たしかに、東京だと一駅って大体歩ける距離ですが、この辺では無理でしょうね。在来線の一駅分も長かったですよね。そういえばここは東海道沿いみたいですけど、駅は江戸時代の宿場町と同じくらいの間隔で建てられるわけですから、歩いたらそれなりの距離にはなりますよね。下手したら十キロくらいあるのかな？」

わたしが言うと、猫宮は振り返って海とは逆の方角を見つめた。沼津駅周辺からは富士山はほとんど見えないようだ。静岡ならどこでも富士山が見えるような気になっていたが、意外とこんなものなのかもしれない。猫宮は特に何も言おうとしないので、わたしが続けて話した。

「日本で一番高い山でも三七七六メートルだから、四キロにもならないんですね。少し街に入ったらこうやってほとんどの部分が見えない。距離というのは上に向いているのと、横に広がっているのではだいぶ受ける印象が違いますよね」

ほとんど独り言のようになったわたしの言葉に軽く頷きながら、猫宮は頭では何か別のことを考えているようだった。

タクシーに乗って運転手に住所を伝えると、県道をしばらく走り、駅付近より少し高級な住宅街といった様相のエリアに入っていった。そこからしばらく進んだ家の前でタクシーは停車する。運転手はここには何度か来ているのだ、と言わんばかりの自信ありげな表情だったので、ここが目的地であるユウリたちの実家で間違いないのだろう。

表札には「広川《ひろかわ》」と書いてある。姉妹は活動するために、読み方はそのままで文字の表記だけを「廣川」と変えたのだろうか。芸名の付け方としてはよくあることだ。この辺りは、随分と大きな家が多いがその中でも広川家は頭一つ抜けていた。

事前に伺うことは伝えていたので、スムーズに客間に通された。そもそも東京でマンション暮らしをしていると自宅に「客間」があることが驚きだ。

対応に出たのが、どうやらユウリたちの母親らしい。ユウリたちも整った顔立ちだが、この母親にもやはり面影がある気がする。名刺を渡して名乗った後、猫宮を紹介する。広川夫人は彼を不思議そうに一瞥した後、飲み物を取りに一度部屋の外に出て数分で戻ってきた。

「今日は東京から、ですよね？」

「ええ」

「こんなに遠いところまでわざわざどうも」

そう言いながらも、ほとんど申し訳なさそうな様子はない。そもそも娘が仕事を放り出していなくなった、ということに対しても責任を感じているようには見えない。たしかに、母親に責任があるのかと言われたら、あると断言はできないだろう。未成年なのだから、ルール上は親にも監督責任はあるが、ユウリやアイリの年齢であれば仕事に関して自己判断できない歳でもない。

「単刀直入にお聞きしますが、ユウリさん、こちらにはいらっしゃってない、ということですよね」

「ユウリ？　あの子はその名前で活動してるんでしたっけ？」

「あ、ええ」

そういえば下の名前も芸名だったかもしれない。

「そうだ。わたしが芸名を使うように言ったんでしたね。差し出がましいようですけど、一応本名をそのまま出すことはないようにと注意したんです。それにしても、あの子がアイドルになろうだなんて今でも不思議です。とてもそんなタイプには見えなかったんですよ。子供の頃から、自分から表に出ていく子じゃなかったんです」

それはユウリの印象とは違っていたが、明るく見えるアイドルでも実は学生時代はクラスの中心になるような人物ではなく、暗い性格だったと話す子も少なくない。

わたしはあまり各個人に感情移入しないためにも、そのような発言はあくまでもファンサービスで、「わたしも特別な人間ではないよ」というポーズの場合も多いと考えることにしている。

実際に、あらゆる人間関係に満たされた「充実している人」がアイドルになるのか。それとも満たされない子の気持ちが実感としてわかる子がアイドルになるのか。正直わたしには、どちらがアイドルに向いているのかもわからない。

「そうなんですか？」

ええ、と夫人は事も無げに答えた。

「そうですよ。それで東京に行って以来、家には一回も戻っていないです。別に戻って来るな、なんてことをわたしも主人も言ったわけじゃないですけどね。ただ、帰って来て会いたい友人もいないんでしょうね。それに本人がやる気だったみたいですし。しばらく帰ってこないつもりだと、家を出る前に言ってましたね。わたしには意外でしたけど」

「あの……今回の件をどこまで聞いていらっしゃいますか？」

「マネージャーの坂本さんでしたっけ？　あの方から、何度かお電話いただきました。あの子が仕事に来ていないと」

「それだけですか？」

「ええ。だから家には戻って来てないです、と伝えました」

広川夫人の言い方は、我が子の話だというのに随分ドライに思える。娘が姿を消したという話を聞いて、こんな態度でいられるものなのだろうか。

「以前にも同じようなことが、ありましたか？」

広川夫人は今度は露骨に嫌そうな顔をしたが、すぐに自分の表情の変化に気づいたのか切り替えて喋り始めた。

「そういえばあの子が中学生の頃でしたでしょうか。長いこと学校に行きたがらない時期がありました。引きこもりっていうんですか、結局はわたしたちが説得して通学できるようにはなったんですけどね。その後も学校に行くのは嫌そうでしたね。あの子は協調性がないんですよ。

それも今だったら個性で片づけるのでしょうけど、中学校は義務教育ですから。行かないわけにはいかないでしょう？」

「ええ」

わたしは小さく返事をする。

実際には義務教育というのは、親が子供に教育を受けさせる義務であって本人が学校に行く義務ではない、という話をちょうどミドリの件で猫宮から聞いたことを思い出した。

「そんな性格ですからアイドルをやる、なんて話もびっくりしてしまって。どうもあの子の叔父に当たる人が心配して、事務所の方に声を掛けたみたいで。本来はありがたいことなんでしょうけどね」

これもあまりありがたそうには見えない。

「ええ。事情は坂本さんからも聞いております」

「渋谷さん、でしたっけ？　あなたは坂本さんと同じ会社からいらしたのではないんですか？」

「わたしはレコード会社の担当でして」

「レコード会社というのは、事務所とは違うのかしら。どうもそのあたりに無知で。すいませんね」

「いいえ、わかりにくいので、同じ会社だと思われても仕方ありません」

「そちらは猫宮さん……でしたでしょうか。作詞家さんでしたよね」

猫宮は軽く会釈をしただけだった。

「猫宮先生には今回、ユウリさんがメンバーとして参加されているBSCSというグループが歌う楽曲の作詞を頼んでいます。個人的にもお世話になっていて、今回の件を話したら同行していただけることになりました」

広川夫人はまた疑問が増えた、という顔をしながらも、それ以上は自分の守備範囲ではないと諦めたのか、ふうとため息を吐いた。

「広川さん」

猫宮が話し始める。先ほどまでとは違い、急に広川夫人のほうをじっと見つめていた。

「はい？」

「あなたから見て、お子さん二人の仲はどう見えてましたか？」

夫人は一瞬驚いた目をして、猫宮に目線を合わせた。

「どうと言いましても……小さい頃は、普通と変わらない子たちだったと思います。ただ、ここ数年は、あまり家で話すことはなかったかもしれません。でも家族なんていい歳になれば、そんなものではないかなと思っていましたけど……」

わたしはしばらく会っていない自分の家族のことを思い出した。今となってはある意味昔よりも仲良くできている。しかしそれは頻繁には会わないからで、お互いに適度な距離を保てるようになったから関係が良好なのかもしれない。

その時三人が話していた部屋に若い男が入ってきた。ノックもしないで扉を開けたところを見ると家の住人なのだろうが、わたしと猫宮の顔を見ると驚いた様子ですぐに扉を閉めて出て行った。

「ああ、すいません。うちの者です。挨拶もせず失礼しました」

家族だけだと思って入ってきたのだろうか。

「こちらにはご家族のみなさんでお住まいですか？　随分大きなおうちで、今日伺って驚きました」

先ほどの男が入って来てから夫人が少し気まずそうな顔をしていたので、わたしが話題をさりげなく繋げた。猫宮は横で少し笑っているような気配がする。

「ええ、家族だけですよ。夫の両親と子供たちと暮らしています。この辺りではみなさんこのくらいの家に住んでますよ。土地だけはたくさんあるものですから」

「もしユウリさんが帰って来るとしたら、どこか頼る可能性があるお友達やご親戚とか、いらっしゃいますか？」

「さあどうでしょう。親戚はあの子を事務所に紹介した叔父がおります。ただ、同じ県内でも、かなり離れたところに住んでいます」

「その方には事務所からも連絡を取っていただきました」

「お友達はどうでしょうね。あの子は性格が暗いから、わたしたちの知っている限り親しい友人はいなくて。どうですか、そのアイドルグループのメンバーの方とは上手くやれてたんでしょうか？」

「ええ、それは……」

それがわかるほどわたしは、メンバー同士が一緒にいる場面に同席したことはなかった。BSCSに限ったことではないが、特に最近の芸能活動では、レコーディングなど物理的な必要性がある時以外は、レコード会社の人間がタレントであるアイドルと直接会わないことが多い。事務的なことや契約といった最初に説明しなければいけない事柄も、個別にメンバーと話すだけで終わってしまうことが大半なのだ。

猫宮は、もうこれで十分だというように目配せをした。広川夫人にしてももう何も話すことはないし、これ以上面倒なことに関わりたくないといった様子が隠せなくなっている。

特に大きな収穫もないまま広川邸を出て、また駅に戻ることになった。

「猫宮さん、この後はどうしますか？」

スマホでタクシーを呼びつつ、猫宮に声を掛ける。

「ここからならそう遠くないんで、港に寄りましょう」

「港ですか」

「昔からよくあるパターンなら、逃避行は海を眺めるって相場が決まってます」

「それ本気で言ってるんですか？」

「昔はね、作詞家っていうのは『あの景色を書かせるならあの人』というのが決まっていたんですよ。逃避行で定番なのは日本海方面、例えば東尋坊だとかね。だから当時は東尋坊担当の作詞家がいたわけです。その人は常に逃避行の歌詞を書くし、それを今度は弟子が引き継ぐ。

そういう行為が作詞という仕事だった時代があります」

「はあ」

「しかし逃避行の果てに海が見たかったのなら、駿河湾ではないでしょうね」

「たしかにどちらかというと、東北とか北陸とか、寒い地方に行くイメージですね」

「この辺りと日本海のほうでは空の色が大きく違います。それに、漁港ではアイドルの逃避行にはイメージが合わない」

「猫宮さん、港のほうにどこか行きたいところがあるんですか？」

そう尋ねると猫宮はふっと笑った。

「沼津港はどこも魚が美味しいですよ。あとは、沼津港にある水族館。あそこに寄っていきましょう」

「水族館があるんですか？」

「知りませんか？　深海魚専門の、深海水族館です」

「お好きなんですか？」

「うーん、どうだろう。そもそも深海魚っていうのは……」

猫宮がそう言いかけたときに、ちょうどタクシーがやって来て、運転手から行き先を聞かれたことで二人の会話は中断された。猫宮は港の深海水族館の辺りまで、と告げて後は何かを考え始めたようだったので、わたしは窓から、おそらくもうしばらくは来ないであろう街の景色を眺めていた。

見かけないデザインの制服を着た女子高校生たちが、道いっぱいに広がって歩いている。アイリやユウリもアイドルにならなければ、同じように高校生をしていたのだろう。これから先、お互いに名前を知ることもないだろう窓の外の彼女たちが、幸せの体現者であるように見えたのは気のせいでなかったように思う。

4

タクシーは深海水族館のすぐ近くに着いた。この辺りは漁港といっても、ずいぶんと観光地化されており、飲食店も賑わっている。仕事柄、地方を訪れることは少なくないが、漁港にはほとんど来たことがなかったし、そこで海鮮料理を、となればさらに経験がない。少し心惹かれたが、猫宮は真っすぐ深海水族館に向かっている。

「そういえば、深海魚って食べられるんですか？」

港に並ぶ大きな看板の飲食店に心が傾いていたわたしは、思わず聞いていた。

「すぐそこのお店でも食べられるみたいですよ」

「そうなんですね」

水族館そのものはそれほど大きい施設ではなかったが、ここで展示される生物はすべてが深海魚というのだから驚きである。深海魚というのはそれほど種類がいるものなのかと思ったが、猫宮によるとそもそも生態がわかっているものが全体のどのくらいの割合なのかもわからないほどで、ここに展示されていない深海魚もまだ無数にいるらしい。

「説明欄に『なになにの仲間』って書かれているものも多いですね」

「まだまだ学問上の区別もついていないのでしょうね」

「あ、これがメンダコですね。深海のアイドルだって。あ……今日やっとアイドルを見つけられましたね」

「ああ」

猫宮は笑わなかった。

「担当カラーは赤かな。メンダコはみんな赤なんでしょうけど」

「深海魚は、だいたい体が赤くなるんですよ」

「そうなんですか？」

「深海では赤が保護色みたいですね。光の届かないところまで来ると、赤に近い色は目立たない。派手なことをやるほうがわかりづらいってこともあるんですね」

猫宮はそう言って少し複雑そうな顔をした。

「メンダコをこうやって地上で飼育できるのは、長くても数ヶ月らしいですよ。だから次来たときに僕らが見るアイドルは、同じメンダコって名前でも、違うメンバーなんですね」

それもアイドルらしい、という意味で言ったのかわたしには猫宮の真意はわからなかった。

水族館の順路としては、このメンダコの後には階段があって二階のフロアにつながっているらしい。階段で展示が途切れたタイミングで猫宮に質問をする。

「それにしてもユウリちゃん、どこにいるんでしょう」

「彼女のいるところならわかってます」

その言葉にわたしは立ち止まった。階段の途中で立ち止まったわたしの方を、上から猫宮が振り返る。

「え？」

「ユウリさんは、アイリさんのいるところにいます」

猫宮はいつものように随分と確信を持った言い方をした。

「ユウリちゃんは失踪したわけじゃなくて、本当はアイリちゃんと一緒にいるってことですか？」

「単なる表現の違いですけどね。もう少しちゃんと言うのであればユウリさんは一度いなくなって、そしてアイリさんのところに行った、ということになるのかな」

「はあ」

結局、アイリにせよ、ユウリにせよ、猫宮とは一度も会っていないわけだが、猫宮は彼女たちを見てきたかのように話す。あるいは歌詞を書こうと考えると、それだけメンバーに心理的に近づくものなのだろうか。

「渋谷さんは、アイリさんとユウリさんに会ってみて、それぞれどんな印象でした？」

改めて二人のことを思い出す。ユウリを捜していたこともあって、この頃は彼女のことばかりを考えていたが、グループを立ち上げた当初はアイリのこともセットにして考えることが多かった。担当カラーが決まるまで、顔だけでどちらがどちらか覚えるのに時間がかかったりもしたものだ。

「そうですね。見た目は、やっぱり姉妹なのでよく似ていますよね。アイリちゃんはほとんど自分からは喋らないから、どんな性格かはよくわからないです。ユウリちゃんはお母さんが話していた印象とはちょっと違って、アイドルをやるのに向いてるんじゃないかなと思ってました」

「アイドルに向いてるっていうのは、具体的にはどういう意味でしょうか？」

「人と話すのが好きなのかな、って思ったんです。アイドルって結局は人とのコミュニケーションが大切なはずです。彼女のほうが、わたしと喋るのも積極的に思えたんですよ」

「ユウリさんが喋っているときでも、アイリさんはほとんど口を開かなかったということですか？」

そう言われてアイリたちと初めて会ったときのことを思い出した。坂本に連れられて会社にやって来たメンバーと一人ずつ面談をしたのだ。最初に話したのがユウリだったので、後から来たアイリのあまりに無口な態度に驚いた。

そしてわたしはあることを思い出した。

「そういえばわたし、二人が並んでいるのを比べて見たことはなかったかもしれないです」

「そうでしょうね」

猫宮は当たり前のように言った。

「わかるんですか？」

「もちろん、僕の場合は会ったこともないので、推測ですけどね。実は最初に写真を見せてもらった時から、そうじゃないかなとは思ってたんです。それで、広川さんのご実家を訪ねて、ほとんど確信に変わりました。渋谷さんは客間にあった家族写真を見ましたか？」

「えっと……どんなものでしたっけ？」

猫宮はスマホで写真を取り出して見せた。いつの間にそんなものを撮っていたのだろうか。疑問が顔に出たのか、猫宮は帰り際にちゃんと許可をもらって撮りましたよ、と言った。

「先ほどお会いしたお母さんと、こちらが多分お父さんですね。それからあのとき途中で入ってきた人……あれはきっとアイリさんのお兄さんじゃないでしょうか。どうしてちゃんと紹介してくれなかったのか、それはわかりませんけど」

「ああ、そういえばこんな写真があったかもしれません。あれ、でもユウリちゃんは写ってなかったってことですか？」

わたしは少し気味の悪い予感がしてきた。そういえば広川夫人は、どこかユウリのことを他人事のように扱っているように思えたのだ。あの感覚は何だったのだろうか。

「いや、ユウリさんもちゃんと写真にいます」

「あ、もしかして写真を撮ったのがユウリちゃんだってことですか？」

考えるうる限りでは一番まともな可能性を話した。もちろん、しかしそれが猫宮の考える答えではないことはよくわかる。

「だとしたら、僕がこの写真を見ただけでわかるのは、奇跡に近いですね」

猫宮は笑った。

「何かそれがわかる痕跡があったのかなと思って。わたしはちゃんと見てなかったですけど、猫宮さんはわたしが話をしている間も部屋の中を観察してたってことですよね。でも、それならこの写真にユウリちゃんとアイリちゃんがいるというのは、どういうことなんですか？」

「この写真に写っているお兄さんが、おそらくはユウリさんです」

「え？」

そう言われて、あの時一瞬入ってきた人物の顔を思い出した。あれがわたしの会ったユウリだということなのだろうか。

しかし少なくとも一目見て男性であるとわかったくらいなのだから、あの人物が事務所で面会したユウリと同じ人だったというのはとても信じがたい。猫宮はわたしの表情を読み取ったかのように続けた。

「そう言ってもわかりづらいですよね。つまり、お兄さんのお名前がユウリさん、というだけの話です。あの人が、渋谷さんが思っている、BSCSの廣川ユウリさんだ、というわけではありません。渋谷さんが廣川ユウリさんだと思っている方は、その写真でアイリさん、と言われてる人物です」

「これがユウリちゃん？　それじゃあ、アイリちゃんはどこにいるんですか？」

と自分で言った瞬間に答えがわかったような気がした。

「アイリさんは、そうですね……そこにいるアイリさんです。渋谷さん、さっきも確認していましたけど、渋谷さんはアイリさんとユウリさんが一緒にいる時には、一度も会ったことがないんですよね」

「なるほど、そういうことなんですね。でもなんでそんなことを……」

「マネージャーの坂本さんはもちろん承知していたということでしょうね」

猫宮はわたしの話したいことの先を読んでそう言った。わたしは坂本の顔を思い出しながら返事をした。

「そういうことになるでしょうね。猫宮さんの言う通りだとしたら、アイリちゃんがユウリちゃんという子との一人二役をやっていたということになるんですか？」

「はい。広川さんの話からも、それが正解なのだと思いました」

猫宮はそう言ったが、よくわからなかった。どちらかが本物なのだとしたら、それは少なくとも「アイリ」のほうで、「ユウリ」というのはアイリが兄の名前を使って演じていた偽の存在だ、ということが猫宮にはあの広川夫人との会話から導き出せたようなのだ。

しかしわたしには、今日の会話からそこまでのことは想像できない。

「広川夫人は知っているんですか」

「いや、細かいことは知らないんじゃないでしょうか。あるいは、関係者だという叔父から『余計なことは言わないように』と釘を刺されているのかもしれません。ただ、僕の見る限りでも子供の居場所を心配している様子はないという印象でしたし、そこは隠す気もない本音の部分なんだと思いますけどね」

たしかに十分に話は通る。夫人からしてみれば、アイリが東京で「ユウリ」という名前でアイドルをやっているだけで、それをこちらが勝手に、アイリには連絡が取れるけどユウリがどこかに行ってしまったと騒いでいるわけだ。倫理的にはともかく、子供の所在を心配するような状況ではない。

「お兄さんの名前を使ったのはどうしてなんでしょうか」

「もし何か調べられたときに事実上、広川家にアイリとユウリという人物がいることは嘘にならない、ということなのかもしれないですね。名前に関しては、僕もほとんど推測でしかないですが」

「なんのためにそんなことを……」

「正直、現時点では理由はよくわかりません。もちろん、推測で説明をするだけならできますが」

猫宮が言う以上、その理由もすっかりわかってしまっているのだろうが、この件に関して重要なのはアイリが一人二役をしたことの理由ではない。事務所ぐるみでなぜ、そんな嘘をつく必要があったのかという背景だ。こんなところまで捜しに来たわたしがまるでバカみたいではないか。

「それじゃあ捜してもユウリちゃんは見つからないってことなんですね」

その言葉を発した後、怒りよりも正直なところ自分はどうするべきなのか、という困惑が頭を支配していることがわかった。

　クライアントの事情で五人という数にこだわっていたのはたしかだ。もしかしたらそれが理由でこんなややこしいことを事務所ぐるみで行ったのかもしれない。

　ある時点でメンバーが五人いることにしなければ話が進まない事情があったのだろう。わたしが考えを巡らせていることに気づいたのだろうか、猫宮はやはりそれ以上の説明をしなかった。

　果たして今発生している問題は、別の人間が参加して五人になりさえすれば解決することなのか。坂本は、別のメンバーを入れるのもやぶさかではないという言い方をしていたので、自分の気持ちも曖昧になってしまっていた。

　しかし、やはりわたしはどこかでユウリがちゃんと帰ってきて、五人でＢＳＣＳをスタートすることを期待していたのだ。単にわたしの頭の中にあった理想像なのだが、理想を形にすることこそが本来のレコード会社でのわたしの仕事だと信じていたのである。

　気づけばわたしたちは、水族館の展示のハイライトであるシーラカンスまでたどり着いていた。この巨大な魚が水族館の目玉だと、たしかネットには書いてあった。このフロアに来てからというもの、話に夢中で展示に関してはほとんど内容が頭に入っていなかったが、古代魚の見た目のインパクトで自分が今、深海水族館にいることを思い出した。

　ここには、シーラカンスが五体いますね、と猫宮が言った。数えていたのだろうか、そう言われても目の前にいる冷凍個体の二体しかわからない。冷凍された目の前の二つもほとんど同じものに見えて、どちらかはただの複製の模型だと言われても信じるだろう。猫宮の話を聞いた今の自分には、むしろどちらかが偽物に思えてきた。

「そうだ渋谷さん、これ」

猫宮が透明なファイルを鞄から取り出してそこから紙を二枚引っ張り出し、わたしに手渡した。一瞬そのほとんどが余白に見えるくらい、ゆったりとした間隔で文字が印刷されていた。白い紙の一枚目の冒頭には、猫宮の名前があった。

「これは、歌詞ですか？」

「はい、作ってきました。デビュー前に色々ありましたけど、曲は完成させるんでしょう？」

もしかしたら、猫宮はわたしの不安を察してそう言ってくれたのかもしれない。もちろん複雑な思いはあったが、抱えているのは単なる不安ではない。自分のやりたいことはわかっているのだ。手渡された紙を見ながら、猫宮に送ったデモ音源を思い出していた。最高のデビュー曲を、と考えて何回聴いたかもわからないくらいに聴き込んだ楽曲だった。

深いため息がそっと泡になる
恋が足りない
違う仕方でそっと呼吸して
生きていける

「タイトルは『深海』ですか」

「ええ、ここで見たら、多分忘れられないでしょう？」

「そうですね。いや……どこで見たって忘れないですよ」

わたしはそう言って苦笑いした。猫宮はもう水槽に目を移している。

「僕たちから見たらこれ以上何も必要ない、満ち足りているように見えることでも、その場に立って見たら、ぜんぜん足りていないということもあるんですね」

「え？」

「ほら、この生き物……こんなに体が枝分かれしている」

猫宮は赤い色のグロテスクにも思える深海生物を指差していた。

「はあ」

「こんな形になる必要が進化のどこかの段階であったって、今の僕らが水槽の中を見ただけではとても推測できない」

「でも、進化ってなりたいように変化するわけじゃないですよね」

「ええ。進化というのはある個体に対して起こるわけじゃないですからね。でも、どこかの世代が、何か足りないって思ったんじゃないのかなって、そういう風に想像することはできる」

「坂本さんや、アイリちゃんには、こんなことが必要だったんですか？」

「ええ。それに、渋谷さんにも。他にもまだ何かが足りてない人が、きっといますよ」

深海水族館から出て、そのままタクシーに乗る。猫宮は、参考資料とお土産ですよと言ってパンフレットと限定品のシーラカンスのぬいぐるみを抱えていた。沼津駅からは来た時とまったく同じルートでの帰路だ。帰りの新幹線ではほとんど二人とも無言だった。

東京駅から、猫宮は直接自宅に帰るというので、そのまま新幹線の改札を出たところで解散した。別れ際に猫宮は、アイリのこともメンバーのことも、ひとつアイデアがあるから明日話しましょう、と言った。

明日は何かスケジュールが入っていたような気もしたが、疲れた頭で思い出す気力が湧かない。きっとこちらのほうが大事だろう。とりあえず大丈夫だと返事だけはする。

それに歌詞以外のことで彼に何かを負担させるのは忍びない気もしたが、今日はもうこれ以上のことを考える気がしない。明日は十三時に猫宮のスタジオまで来てほしい、ということだった。

いつもより随分空いているように感じる電車の座席に座って、猫宮からもらった歌詞を改めて見た。水深二〇〇メートル以上は、すべて深海だ、と猫宮は言っていた。つまり海のほとんどは普通、人には見ることができない深海だということである。

BSCSも、わたしたちの音楽も、深い海からスタートするのだろう。きっとほとんどの出来事が、そうと知らないだけで、光の当たらないところから始まっている。

わたしは何か大事なことを忘れているような気がしていた。それでも、むしろ今日の面倒なこともすべて明日までは忘れて、深い海で眠りにつくことにした。

翌日朝、まずは坂本に電話をかけて状況を確認した。ユウリは見つかっていない、ということだったが、昨日の猫宮の話を聞く限りではおそらくそろそろ捜すのは諦めて契約を解除したという話をしてくる頃だろう。事務所としても企画を進めないわけにはいかないので、もしかしたらすでに別の候補を探し始めているのかもしれない。

実際にはそもそも五人目のメンバーが見つからなかったということが、こんな事態を引き起こしてしまったのだろうから、そうやすやすとは見つからないだろう。わたしは真相がわかった今でも、とりあえずは坂本に話を合わせることにした。

スタジオには十三時前に着いた。もう猫宮の仕事場までのルートにはすっかり慣れていて、ちょうどいい時間に着くようにほとんど何も考えなくても調整することができる。

「あ、かえでさん、こんにちは」

入って左の奥にある小さな台所スペースに立っていたミドリが、入り口までやって来て出迎えてくれる。珍しく慌てた様子で、何か隠れて作業をしていたようにも見えた。

「あれ、なんか取り込み中だった？」

「いや、ぜんぜん。早かったですね」

「そう？　約束した時間ちょうどくらいかと思ったけど。そういえば今日ってここに来る曜日だったっけ？　いつも水曜日はいなかったような」

「あ、いや……僕は特に何曜日に来るって決まっているわけでもないんですけど」

ミドリは言って、椅子に座った。

「僕が呼んだんですよ」

奥の部屋から出てきた猫宮が言う。

「猫宮さん、お邪魔してます」

「ええ」

「それで、今日の話って」

猫宮は、ああ、と言いながら定位置に座る。

「昨日帰ってきて、一応本人にも聞いてみようと思ったんですけどね」

猫宮は持っていたスマホの画面をタップした。

「確認はできたんですけど、あとは直接相談したほうがいいかなと思って。坂本さんとは話しましたか？　もう彼女だって、こちらがユウリさんの件についてすべてわかって動いていることも気づいているでしょうけど」

「はあ」

「新しいメンバーを探してるんですよね？」

実際にはまだ、いるはずのないユウリを見つけるという方針になっているが、しかし現実的には別の人間を探さざるを得ない。

「ええ、探さないといけないですね」

「それで今日来てもらってるんですよ。本人は、やってみたいって」

猫宮はミドリに目をやった。

「え？」

「どうですか？」

そう言われても急なことで、頭が回らない。今までイメージしたこともなかったが、よく考えてみたら今一番頻繁に顔を合わせている十代で、しかも先日アイドルに「興味がある」と言っていたのだから、一度くらいはミドリがアイドルになるという考えを持ってもおかしくはなかった。猫宮は最初から計画していたのだろうか。

「えっと……いや、そうですね。わたしは、良いと思いますけど……うん」

ミドリはまだ黙っている。

「え、本当に？」

「かえでさんがよければ、僕はやってみたいって思ってます」

「そっか。うん」

改めてミドリがアイドルとしてメンバーに入った姿を想像してみると、それは随分とハマりが良いように思えてきた。もちろん、単にこの場の思いつきでそこまで判断してしまうのは危険だとはわかっているが、それでもなぜかミドリの加入は最適な選択だと、ある種の確信のようにも思えてくる。

おそらくそれは、猫宮のお墨付きがあるということも理由だろうし、ミドリと日々ここで話している時間がそう思わせるのだろう。彼女との会話が、猫宮の仕事場にやって来る大きな楽しみの一つになっていることを再確認した。

「向いていると思いますよ」

猫宮が言った。

「はい、そうですね。わたしも、なんで今まで考えなかったんだろう。いや、でも本人に聞かないで勝手にそんなこと考えるのはダメか」

「驚きました？」

ミドリが言った。わたしにはその複雑な表情の意味が、少しわかるような気がした。

「驚いたよ、そりゃ」

「ああ、じゃあ失敗だったかな？　今日この話をしちゃったのは」

「え、どういうこと？」

ミドリはわたしが質問を終える前に、先ほどまでいた台所スペースに向かって行った。そして何かを持ってすぐに戻ってきた。

「サプライズが二つ重なったら、あんまり驚かないですよね」

いつの間にか猫宮は部屋の隅にあるレコードプレイヤーの所に移動して、アナログ盤に針を落としていた。どこかで聴いたことがあるシーケンスフレーズが流れ始める。それを聴いて、仕事に追われてすっかり忘れていた今日の予定を思い出した。

「誕生日ケーキ、三人で食べましょう。今日お祝いしようと思って準備してたんです」

ミドリは笑った。それはもうすでに、わたしのために輝いている偶像の笑顔だった。

夜船

1

新幹線内に次の停車駅を知らせるアナウンスが響いた。反対側の席の若者たちが、がやがやと喋りながら棚の上の荷物を下ろし始めた。彼らの様子を見て、わたしは大学生の頃に親しかった同年代の男子の話を思い出す。

彼いわく、高校生の頃一度だけ、京都の大学に進学しようと思ったことがあるらしい。大学生になって振り返ってみれば大した理由はなかったように思える、なんとなく京都という街に憧れがあったのだ、と彼は言っていた。

たしかに京都という街への憧れはわからないこともない。彼の話によれば京都は学生として住むならば居心地のいい街だが、社会人になってから住もうとすると外から来た人間にとってはある種の難しさがある、ということだった。わたしも全国から学生が集まる大学に通っていたけれど、京都から来たという同級生にはついぞお目にかかったことがなかった。

新幹線の隣の席には作詞家の猫宮がいる。もうすぐ駅に着くというのに立ち上がる様子もない。東京駅で席についてすぐに本を開き、ずっと同じ本を読み続けている。ブックカバーがかかっていてタイトルはわからないが、どのページにも数式が出ているように見えた。そもそも彼は、京都で行きたい本屋がある、と言って珍しくこんなに遠くまでやって来ているのだった。

猫宮のスタジオにある大量の本は、彼が既に読んだものなのだろうが、わたしが読んだことのあるものは今まで一冊も見かけたことがない。

「京都で、何か探している本があるんですか？」

わたしが訊くと、猫宮はページから目線を外すこともなく答えた。

「本なら、いつも何かは探しているんですけどね。でも今回は本そのものを探しに来たわけではないんです。知り合いがやっている店に行こうと思ってまして。前から一度来てほしいと頼まれていたんです」

「京都で本屋さんを？」

「うーん、本屋って言っていいのかな」

本屋ではないのに、本を売っているというのもよくわからないが、ありえないことでもないかもしれない。

猫宮の交友関係は、ほとんどわたしの想像の範囲にない。彼に出会うきっかけになったわたしの大学時代の指導教官、猫宮からすれば大学の先輩にあたる佐倉先生も、知り合いの中では一番と言ってもいい相当な変わり者だった。

「それなら、着いたらまずそのお店に行くんですか？」

「ええ。終わったら、渋谷さんと合流しますよ」

「わかりました。わたしは今日は多分、しばらく同じ場所に留まることになると思います」

新幹線を降りバス停まで辿り着くと、ちょうど目当ての市営バスが入ってきた。幸いにもまだそれほど混んでいないが、出発までには座席が埋まるくらいだろうか。

十三時を少し過ぎたところで、バスは動き出した。さすがにまだ彼女が来ていることはないだろうが、この後どのくらい待つことになるかもわからない。暇つぶしのためにと思って、普段はまったく読まない文庫の小説を持って来ていたことを思い出して、鞄から取り出した。バスの中で本を読むのは中学の修学旅行以来だ。読み始めたものの、あのときびっくりするくらい気持ち悪くなったことを思い出して、本のことはいったん忘れることにした。

目的の出町柳《でまちやなぎ》駅前までは市営バスで三十分ほどである。駅というくらいだから電車でも来られたのだろうし、おそらくそのほうが早いだろう。なんとなく京都の街を車で移動するほうが風情がある気がしてバスにしたが、この三十分の間に彼女がやって来て既に帰ってしまっていたら大失敗だ。

バスは鴨川《かもがわ》の横を順調に進んでいた。観光客らしい外国人たちが行き交うエリアを少し越えて、川が二つに分かれている箇所が見えてきた。

京都はいつでも観光客が多いが、これから秋が深まってくればさらに増えてくるだろう。街は暑いが、山のほうは少しだけ色づき始めているように見えた。

鴨川デルタと言われるこの辺りで、わたしが彼女を見たのは一年ほど前だった。友人が京都に行こうと言い出して、何年振りかのプライベートな旅行を楽しんでいた時のことだ。

旅の二日目だっただろうか。京都大学を見てみたいということになり、この辺りを歩いていた時にちょうどギターを抱えた女性が鴨川公園（鴨川デルタという名前は後で知った）で演奏を始めるところに出くわした。

レコード会社のディレクターという仕事柄、あるいは趣味もあって、わたしは路上ライブにできるだけ耳を傾けるようにはしている。といっても大半はカラオケレベルか、それ以下のコピー曲ばかりだ。

どうしてみんな中島みゆきの『糸』を歌うのだろう？　使用料は払っているのだろうか？とか、そんなことくらいしか気になることがないライブがほとんどで、すぐにその場を離れてしまうことが多い。仕事につながることは皆無だが、その日はなんとなく彼女の佇まいに心を惹かれて、しっかりと足を止めた。

今思い出しても、鳥肌が立つ。いや、むしろ鳥肌が立ったというその記憶を取り戻そうとするたびに、また別の鳥肌が立っているのかもしれない。路上ライブでよくある、上手いだろう、と言わんばかりに声を張り上げたものでもなければ、下手だけど頑張っているわたしを見てほしいという態度でもない。歌も曲も、気味が悪いくらい淡々としていた。

しかし曲のことははっきりと思い出せるのに、歌い手の表情があまり思い出せない。それほどわたしが曲にのめり込んでいたのか、それとも何か他に理由があったのか。ここに来るまでの道中で自問したが答えは出ない。

他に覚えていることはほとんどない。服装はこれといって目立った特徴はない暗い色のワンピースだったと思う。東京の路上ライブでありがちな、歌い手の名前を書いた立て札のようなアイテムは何もなかった。

出町柳駅前でバスを降り、記憶を辿りながら歩いているうちに、彼女がいたと思われる鴨川沿いまでやって来た。おそらく一年前も同じ混雑具合だったと思う。向こう岸で弾き語りをやっているようだが、そちらは明らかに男性だから目的の彼女だということはないだろう。

昨年の旅行から帰った後、ネットで彼女の消息を辿ろうとした。しかしそれらしき目撃談がTwitterで少し見られたくらいで、たしかな情報はほとんどなかった。少なくともネット上で定期的な活動をしているわけではないのだろう。

わたしとしてはありがたいことでもある。もし今後彼女がアーティストとしてSレーベルスと契約してリリース、ということにでもなれば、条件としてありがたいからだ。

もちろん、社内で話題に上ったときに何の実績もないのは不安視されることも多いのだが、一年前に聴いたあの曲なら認められる可能性はかなり高いだろう。しかし今のところは、まず彼女がどこの誰かもわからず、現在も活動しているという保証もない。とりあえずわたしにできることは、前に彼女を見たこの場所に来ることくらいだった。

川沿いで道ゆく人を、わたしは十分ほどじっと見ていた。

前回は結局、ここでしばらく立ち止まっていたこともあって京都大学には行かずじまいだったな、と通り過ぎて行く学生風の男子グループを見て思い出した。何か、行く理由を考えられるだろうか、そういえば昔好きだったバンドのライブ盤が京大の講堂で演奏されたものだったような気がする。今後もライブでもなければ行くことはなさそうだ。

そんなことならいつでもできる、と思うようなものでも、一回のチャンスを逃したらもう一度機会が訪れることは実際ほとんどない。

あの時、歌っていた彼女に声を掛けなかった理由は今考えてもよくわからない。一緒にいた友人が、素通りしてしまったからだ、といえばそれまでだが、ネットに情報があるはずだと楽観視していたのだろう。音楽はいつでもどこでも聴けるものだという考えが、当然のものになっていたからかもしれない。自分の失敗を思い出したくなくて、最近まで彼女のことを思い出さないようにしていたのも事実だった。

もう一度彼女に会ってみたいと思ったのには理由がある。この一年ほどの間で自分の周りの信頼できるディレクターやマネージャーが言うところの「才能あるミュージシャン」というのを何人か見てきた。音楽業界の裏方であるスタッフたちが、自分の見つけた才能を「どう信じて」仕事をしているかということが鮮明になった。アーティストはただ才能があって、わたしたちは彼らをサポートすることが仕事なのだと思っていたが、実際にはそんなに単純なものではなかったのである。わたしも自分が出会った才能が信じるに値するのかを、確認したくなった。

それにしても、もう秋と言ってもいい時季だが、外でしばらく立ち止まっているだけでも汗ばんでくる陽気だった。

歴史の長い街にいると、考えを巡らす材料だけは尽きないように思えた。目の前には、弾き語りの男の子がギターを持って現れた。大学生くらいの歳だろうか。準備もそこそこに演奏を始めたので、少し聴いてみたがどうやらカバー曲のようだ。タイトルは思い出せないし、どうもチューニングのせいかギターの音程も甘い気がする。長く聴いていたいと思うものではなかった。このままここに立っていたら、聴き入っていると思われてしまうだろうか。

「聴いてるの？」

横から声が聞こえた。聞こえた、と思ったのはそれが自分に掛けられた声なのかわからなかったからだ。歌っている男の子には聞こえないくらいの声だったとは思う。はっと横を向くと、顔に比して随分と大きな黒いサングラスをかけた女性が立っていた。

身長はわたしと同じくらいか少し高く、髪はかなり長い綺麗な黒髪だった。まるで平安美人のようだ、と言いたいところだったが、それは褒め言葉になるのだろうか。さすがに地面につくような髪の長さではなかったし、彼女のメイクは目がサングラスに隠れて見えないにしても、全体的に今風の自然な佇まいに見えた。

「いえ、ただ立っていただけです」

「こっちだよ」

そう言って、女性は歩き出した。数歩歩いてからまたわたしのほうを向いて、首をくいっと動かす。ついてこい、というジェスチャーだろうか。もちろん、目の前の低レベルなカバー曲をこれ以上聴いている理由もなかったが、尋ね人と以前会ったのはこの場所だ。ここに来て一時間程度しか経っていないので、もう少しここで待っていたほうが良いのではないか。

しかし、女性について行くべきだ、という不思議な直感も働いていた。少なくとも鴨川周辺で歌っている誰よりも、彼女のほうがアーティスト然とした雰囲気があるように思えた。ただ茫然と立っているよりも、手掛かりが見つかりそうな気がして冒険してみることにした。

「あの」

少し歩いたところで話し掛けた。

「何？」

女性は顔をこちらに動かすこともなく言った。もっともサングラスの中の目線まではわからなかったが、おそらくこちらを見てはいないだろう。

「いえ」

「こんな暑い中わざわざ聴くならもっといいものじゃないと。もう少しで来ると思うから」

元いた場所から数分歩いて女性は立ち止まった。鴨川の上を通る橋からはそれほど離れていないが、若干道から外れていて、さきほどの場所よりも人通りは少なそうだ。

「あの、誰が来るんですか？」

「たぶん今日は来ると思うよ」

「もしかして、二十歳くらいの女の子ですか？　ショートカットの。狐の歌を歌う」

「狐の歌？」

女性はやや怪訝そうな顔をした。

「はい。前にそういう歌い手を見たことがあって。そのときに歌っていた曲には狐を見たっていうくだりが出てきたと思うんです。とても印象に残っていて」

「さあ、どうだったかな。そんな曲があるのは知らないな。あの子は一日に一曲ずつしか歌わないからね。狐の歌は、わたしは聴いたことがないと思う。何回か見かけたことがあるけど、同じ歌を歌っているのも聴いたことがない。でも、この辺りでそこまで印象的な曲を歌ってる子がそれほどいるとも思えないよ」

彼女は振り返った。

「あなた、そのためだけにあそこで待ってたの？　来るかもわからないのに」

「はい」

わたしは答え、名乗った。目の前にいる女性が誰なのかもわからないが、少なくとも何も情報がない中で、多少なりとも自分の求めている人物と繋がりそうな話が出てきたのだから、かなりの収穫だろう。

「渋谷さんが探してるのは彼女だと思う」

門倉《かどくら》と名乗ったその女性は言った。

「今日現れるとすれば、もうすぐ来るはずだから」

「門倉さんは、彼女のことをよく知ってるんですか？」

「ぜんぜん。今、名前を聞いた分だけ、もう貴女についてのほうが詳しいかもってくらい」

門倉は笑った。

「目の前でしっかりと曲を聴いたのは二回かな。一度ここで偶然見かけて足を止めて、タイミングが合ってその後もう一度演奏を聴いたの。遠目では何度か見てるけどね。鴨川の周辺は弾き語りをやっている子が多いけど、正直また聴きたいって思える歌い手はほとんどいないし」

「どうしてさっきはわたしに声を掛けてくれたんですか？」

門倉は、ちょっと困った顔をして言った。

「うーん……別にこれっていう理由はないんだけどね。ただ、さっきも言った通りこんな路上には大したアーティストもいないからさ。立ち止まっている人がいるだけでも注目しちゃったっていうのはある。そして、こんなつまらないところに居続ける人がどんな種類の人なのか、わたしは気になっちゃうんだよね」

「なるほど」

しかし、だからといって声を掛けたりするだろうか。随分とユニークな人物のようだ、と思ったが、心のうちを見抜いたかのように門倉が続けた。

「で、渋谷さんは向こうで歌ってた彼をそれなりの時間見てはいるんだけど、心ここに在らず。まったく別のものを探しているような気がしたってわけ。それも、漠然と別の何かを探すために動いているわけじゃなくて、具体的な何かを待っている、って雰囲気で」

それがパッと見てわかったということだろうか。だとしたらこの門倉という女性は、油断ならない人物だ。今の状況で油断も何もないのだが。

「バレバレですね」

「まあ声掛けてみたのは、貴女がかわいかったからってのもあるんだけど」

「え？」

「少なくとも歌ってた彼よりは魅力的だったかな。もしかしてそういう仕事してる人？」

「そういうって、どういうことですか？」

わからないふりをして訊いてみる。

「芸能系とか」

「遠くはないです。裏方ですけど」

「ふーん、やっぱり」

「あの……彼女のこと、できれば他にも知ってることがあったら教えてもらえませんか。実はわたし、今日は東京から彼女を探しに来たんです。以前に、偶然出会ったときにコンタクトが取れなくて。可能ならうちの会社から音源をリリースしたいと考えているんです。でも、ネットで探してもほとんど情報がなくて。それでとにかく鴨川まで来てみたんです」

「行動力があるんだね。それに、見ず知らずのわたしにそこまで話すなんて……」

「変ですか？」

「いや、いいんじゃない？　たしかに彼女はそれだけの価値があるんじゃないか、とわたしも思うよ。まだ来ないみたいだから、コーヒーでも買って待つのはどう？　美味しい店があるの。わたしが買ってくるから」

門倉は、道路の向こう側にあるカフェを指差して、歩き出した。

「え、あの……」

「ちょっと待っててね」

門倉は返事も聞かずに行ってしまった。一人で待つ間も周りのチェックは続けていたが、四、五分経って門倉が戻ってくるまで、例のシンガーが現れる様子はなかった。

「はい、どうぞ」

門倉がコーヒーのカップを渡してくれた。何も聞かれなかったが、この暑さなので彼女が買ってきてくれたのはもちろんアイスコーヒーだった。持っただけで手のひらから体全体がほんの少し涼しくなった気がした。それでもすでに、氷が溶けてカップには水滴が付いている。

「あそこのコーヒーショップに行った時、初めて彼女を見かけたんだよね。初めて見た時はもう歌の終わりかけ。最後の曲だったのかなとも思ったけれど、近くにいた人に訊いたら一曲しか演奏していないみたいだった。そのちょっとがすごく印象的でずっと覚えてた。次に、たまたま見かけたときはちょうど歌い始める直前だったから、立ち止まってそのまま聴いてみたの」

わたしはただ、門倉の説明を聞いていた。彼女は汗をかいていない。

「前と違う激しい曲だった。ギターの弾き語りだけであれだけの凄みを出せるのは珍しいなと思った。ただ、その日も結局一曲で終わって彼女はすっと帰っちゃったの。その後もここに来るたびに気にはするようにしていた。その後、立ち止まってしっかり曲を聴くタイミングはなかったんだけど、よく見かけるのは水曜日と金曜日。今日も水曜日だから可能性はあるかなと思ってる」

門倉はそこまで言って、コーヒーに口をつけた。わたしもそれに続いた。暑さのせいもあるが、たしかに彼女が言うようにアイスコーヒーは格別に美味しかった。

「なるほど。話を聞く限りわたしが会った子でおそらく間違いないと思います。わたしも初めて見たとき、きちんとは確認できなかったんですが、一曲しかやってなかったと思います」

「ええ、しかもわたしが聴いたのはそれぞれ全部違う曲。注意して聴いてるわけじゃないけど、この辺りを通る時に聞こえて来るのも毎回別の曲だと思う」

その時、猫宮から「用事が済んだので、そちらに向かう」というメールがあった。門倉と話を続けながら、現在地を猫宮に返信する。

「二回とも良い曲でした？」

メールに少し気を取られたせいか、随分と中身のない質問をしてしまった。

「どうかな……わたしは良いと思ったけどね。違う曲って言っても、同じ人が作るものってある程度似たところが出るじゃない。多分、あれは彼女のオリジナル曲だと思うんだけど……」

「ええ、そうでしょうね」

それはわたしの願望も含んでいた。

「だったら、やっぱり彼女らしさというか、そういうものがどの曲にも共通して出て来るでしょ」

「はい。きっとそれが……」

「個性ね」

門倉は笑った。わたしもつられて笑う。もしかしたら単純にこの人とは気が合うかもしれない、とふと思えた。偶然出会った人に対してそんな考えを持てるのは、自分でも少し驚きだった。

「でも、もし毎回新曲なんだとしたら、ちょっと信じられないことですよね」

「そういうもの？」

「ええ。もしわたしが聴いた曲と同じレベルのものを毎回作れているとしたら、とんでもないことです」

ただ、もしその仮定が正しいとすれば、さすがにもっと話題になっていないとおかしいだろう。今時、ネット上に一切情報がないことも含めて、本人には弾き語り以上の発信をする意思はないのかもしれない。どちらにしても、わたしは以前聴いた『狐の歌』も、そしてそれとは違う門倉が聴いたという曲も、今すぐに聴いてみたい気持ちになっていた。

「デビュー間違いなしかな？」

「そうですね」

「でも、それだけのミュージシャンだとしたら、わたし以外にも誰か存在に気づいていても良さそうだけれど」

「立ち止まって聴いている人は誰もいないんですか？」

「わたしもいつも見てるわけではないしね。でも、わたしが見た時も観客は数人だった。よっぽどの有名人でもないと、弾き語りなんてそんなもんだと思う。それにスタートするのが夕方の四時とか、立ち止まる人も少ない時間なんだよね。しかも平日だし。どれだけ音楽が良くたって、聴いてくれる人がいなきゃ意味ないでしょ？」

「たしかにそうですね」

2

その後二十分ほど門倉と雑談をしていた。後々考えればよくそんなことをしたものだと思うが、わたしは出会ったばかりの彼女に最近出会ったミュージシャンたちの話をした。

門倉はどれも「へえ」と興味があるのかないのか、ギリギリわからないくらいの反応だった。もちろん、ただ待っているよりは随分ましだったし、門倉もつまらなそうな様子ではない。しかも彼女が、最近わたしの関わった曲をどれも聴いたことがあることには驚いた。

「わたし、音楽は雑食だから」

「でも、雑食を自称する人で本当に色々な曲を聴いている人に出会うことはほとんどないですよ」

「何でも聴きますとか言う人？」

「はい」

「実際、何でも聴く人なんていないからね。例えばわたしも、レゲエは詳しくない。『何でも聴きます』なんて言う人は、大抵好みがないだけだからね。わたしも含めて」

　アーティストでも、インタビューで好きなものを質問されて「何でも」と答える人は面白味がない、というのは定説だ。インタビューで「何でも」と答えないように、新人アーティストが注意されることも多い。しかし話している限りでは、門倉は本当に様々なジャンルの音楽を聴いていそうに思えた。

　しばらく話していると、ギターを持った少女が現れた。少女、と表現するのがよいだろうと思われるくらいに、自分の記憶よりも幼く見えたのだ。それでも一年前に見た彼女に間違いない。曲の印象が強すぎて、その人物に対するイメージが本来とは別の形で固定化されることはよくある。つまり彼女の歌はもっと大人びたものに感じていたのだ。

　一人で持つには少し重そうなセミハードのギターケースから、アコースティックギターを取り出しておもむろにチューニングを始める。右手には銀色に光った音叉《おんさ》を持っているのが見えた。

「間に合いましたか？」

　横から声を掛けられる。猫宮は、絶好の時間帯にやって来たようだ。

「あ、猫宮さん。ばっちりですよ。わたしが以前に見たのはあの子です」

「ふうん。それはよかった。ちょうど良いタイミングのバスに乗れたから。一本逃してたら危なかったかもしれない」

猫宮は、わたしの反対側に立つ門倉を見て、おや、という顔をした。

「猫宮くん」

門倉が猫宮に話し掛けた。

「あれ、マコさん？　どうしたんですか、こんなところで」

「え、お二人は知り合いなんですか？」

驚いてどちらに言ったのかわからないくらいの大きな声を出してしまった。ギターを持った少女が、ちらっとわたしを見た気もする。

「むしろ、どうして渋谷さんとマコさんが一緒にいるんですか？」

「いや、それは……」

そう言って、猫宮から門倉に視線を動かすと、

「渋谷さんと一緒に来てたのって、猫宮くんだったんだ。なるほどなるほど」

「えっと、お二人は……」

わたしの言葉を門倉が遮った。

「あ、そろそろ始まりそうだよ」

門倉の言葉に被るように、少女がアルペジオのフレーズを弾き始めた。

五分ほどの旅が終わって、少女はもうギターをケースに仕舞おうとしていた。わたしは、まだどこかから帰って来られない自分を必死に呼び戻して、急いで彼女の元に向かった。

「あの……」

わたしが声を掛けると、ちょうど仕舞い終わったギターケースを持ち上げようとした少女がこちらを向いた。

「はい」

「素晴らしい、ライブでした」

「ありがとうございます」

少女はほんの少し目元と口元だけを動かして、笑っていた。歌う間はほとんど無表情だったが、その笑顔がとてもかわいらしい。わたしも、顔が緩んでいたのだろうと思う。

「以前にもここで歌を聴いて、今日はあなたのことを探しに来たんです。でもお名前もわからなくて」

「ハナです」

「ハナさん、という名前で活動されているんですか？」

「活動？　ええ、ずっとその名前です。多分、生まれたときからずっと」

「わたしは渋谷かえでといいます。東京のレコード会社で働いています」

名刺を取り出そうとした。

「渋谷かえでさん、今日はありがとうございました。最後まで聴いてくださって嬉しかったです。あちらにいらっしゃるのは、お友達ですか？」

ハナは猫宮と門倉のほうに顔を向けた。わたしの返事を待つことなくそちらに歩いていった。

二人と一言二言話すと、そのまま去ろうとする。

「ハナさん！」

呼びかけると、ハナはいったん立ち止まって振り返り言った。

「また、明日ここで」

ハナの姿はそのまま街に消えていった。


「どうでした？」

わたしは質問しながらも、反応を半ば確信していた。大胆に言うならば、これにノーと言うのならば、今後一緒に仕事をするのは難しいだろう、と考えている。

「素晴らしい」

それ以上の言葉は必要ない、とでもいうような余韻の少ない、猫宮には珍しい言い切り方だった。

「ですよね」

「前に聴いたものと同じ曲でしたか？」

「いいえ、違う曲です。曲全体を覚えていたわけではないので、そう思う、ということでしかないですけれど」

「前に聴いた曲と比べたら、どちらが良かったですか？」

「どちらも素晴らしいです」

わたしは次に、門倉の表情を窺った。ハナが歌っている間、門倉は腕を組んだまま微動だにせずにいたように見えた。

「わたしが以前聴いたものともまた別の曲。素晴らしい曲ばかりだけど、今日のほうが響いたかもしれない」

門倉が言っていたように、今日も演奏したのは一曲で、それは今までそれぞれが聴いたのとは別の曲だったようだ。一体どれだけオリジナル曲を持っているのだろうか。すべてがこのクオリティなのだとしたら、衝撃的ですらある。

「えっと、じゃあわたしはここで。猫宮くんも、また近々会いましょうね。もしかして、しばらく京都にいるのかな？」

「明後日までは」

猫宮が答えた。

じゃあ、と言って門倉はハナが消えていったのと同じ方向に少し小走りで去っていった。去り際に名刺を渡されたが、そこには「門倉マコ」という名前と、ＬＩＮＥのＩＤが書いてあるだけだった。

普段仕事で対応するのと同じように、すぐその場で登録してメッセージを送る。既読はつかなかった。

「ハナさん、明日も来るみたいなんで、今度こそはちゃんと話をしないと……でも事務所に入って活動するつもりはないんでしょうか。あれだけの音楽を作れるのに」

「さあ、どうでしょうね。毎回ああやって一曲しか歌わないということなら、なかなか彼女の才能に気づく人も多くはなさそうですけれど」

猫宮はハナが歌っていた辺りを眺めていた。

「たしかにそうですね。あ、それにしても猫宮さん、門倉さんとお知り合いだったんですか？」

「知り合いといえば知り合いですが、渋谷さんとも面識があるとは知らなかったな」

「猫宮さんでも知らないことがあるんですね」

そう言うと猫宮は笑いながら応えた。

「もし全知全能、あらゆることを知っている神様がいたらさぞ大変でしょうね」

「え？」

「例えば僕は今、突然全知全能の神について話し始めたわけですけど、このことについても全知全能の神ならば知っていなければならない。毎秒、どれだけの数の新しいことが増えていくのか、考えただけでも酔ってしまいそうだと思いませんか？」

「神様だったら、そもそも何が起こるのか最初から全部知っている、ってことじゃないんですか？　新しく知るとかじゃなくて」

「神様はまだそこにないものも知っている、ってことですね」

「はい」

「だとしたら、作詞とか作曲は神様からの盗作、ということになる」

「ああ、たしかに」

「まあそんなことはともかく、僕は少なくとも全知全能ではないから、渋谷さんの知り合いを全員知っているわけではありません」

わたしは門倉に突然声を掛けられたところから、猫宮が合流するまでの経緯を話した。

「門倉さんとは、さっきここで知り合ったばかりです。わたしがハナさんを探して、別の弾き語りの子をぼんやりと見てたら、もっといいシンガーが来るからついて来てって」

「へえ。じゃあマコさんは、ハナさんのことを元から知っていたわけですね」

「ええ、そうみたいです。どうして、わたしに声を掛けたのかは、本当か嘘かわからない変な理由を話してましたけど。ハナさんのことは、この辺りにコーヒーを飲みに来る時に何度か見たって」

「ああ、そのコーヒーですか」

猫宮はわたしがライブ中から手に持ったままのプラスチックカップのロゴを確認しようとした。

「ええ。あ、そうだ結局門倉さんにおごってもらっちゃいました」

「彼女はお金持ちですし、たぶん大丈夫ですよ」

猫宮はこともなげに言った。

「そうなんですか？」

「さて、どうしましょうか。明日も、我々はここには来るとして、同じ時間でいいんですかね」

3

その後は猫宮と話しながら歩いて京都市街の中心地、四条まで戻った。その足で、二泊する予定の宿にチェックインする。いつも出張の時に泊まるチェーン系列のビジネスホテルだったが、京都だからか他県にあるものとは内装が異なっていた。

猫宮にも「僕も同じところでいいです」と前もって言われていたので、別のフロアで部屋を予約していた。アーティストのライブやイベントで地方に行くことは多いので段取りは手馴れている。会社からは猫宮が一緒だということで予算も下りていたが、猫宮からは出発前に宿泊費を無理やり渡されていた。

「明日は朝ご飯でも食べに行きましょうか。ちょっと行ってみたいところがあるんです」

そう言った猫宮とホテルのロビーで解散した時には十六時半過ぎだった。今から準備して観光に行くにはやや遅いかもしれない。京都らしいところはもう閉まっているだろうが、かと言って食事にはまだ早い気もする。

猫宮を誘ってみようか、と思ったけど「朝ご飯を」と言うからには、夜の間はもう声を掛けないでくれ、ということかもしれない。今解散したばかりなのでなんとなく連絡もしづらい。

部屋に入って靴を脱ぎ、ポケットからスマホを取り出してメモアプリを立ち上げる。

わたしたちの仕事は、今ではどこにいてもスマホ一つでほとんど片付いてしまう。そういえば、大学生の頃はＩＣレコーダーを持って、取材の真似事をしていたことがあったが、今ではボイスメモのアプリで十分だろう。そのまま、別のアプリを使って編集することもできる。

実は先ほどのハナの演奏をこっそり録音してみようか、と一瞬考えてボイスメモを準備していた。彼女の演奏をもう二度と聴けないかもしれないと思って、それもありかと考えたのだが、まずマナー違反だろう。

実際にはわたしの倫理観が欲求を上回ったというわけでもなく、単に歌を聴くのに集中し過ぎて録音ボタンを押すのを忘れていたのだ。

そういえば録音や録画のボタンがだいたい赤いのはなぜなのだろう。わたしの周りで一番、全知全能に近そうなのは猫宮だから、彼に聞けばわかるだろうか。ベッドに寝転がって、そんなことを考えている間にうとうとしてしまった。

どれくらい眠ってしまったのか一瞬わからなかったが、ふと目を覚ましたときには窓の外は暗くなっていた。そういえば、高台寺のライトアップが有名だったなと思い出した。何時まで入場可能で、ここからどのくらいの距離なのかを調べようとして、寝る前にどこに置いたかわからなくなっていたスマホを探し始めた。その時、着信があった。猫宮からだった。

「もしもし」

「ああ、渋谷さん。今は部屋ですか？」

「はい、すいません。気づいたら寝ちゃっていました」

「ああ、そんな声ですね。ちょっと外に出て来られませんか。すぐ近くです」

特に考える間もなく答える。

「はい。大丈夫です」

そう言って、スマホの画面をもう一度見ると、店のリンクが送られて来ていた。

「すぐに出られると思います」

「そんなに急がなくても、ゆっくりで大丈夫です。気をつけて」

切れる直前に電話の奥から女性の声が聞こえた気がした。

ベッドから起き上がって、準備を始める。スマホで地図を確認すると、このホテルから歩いて十分もかからない場所だった。

京都市内は、道路が東西南北に綺麗に直交しているので目的地までの時間も道順もだいたい思った通りに着くのがありがたい。四条通りから木屋町通りを抜けたところを北に曲がって、小川に沿って歩く。人通りは多かったが、夜の風が気持ち良かった。

老舗の高級店が多い先斗町《ぽんとちょう》の辺りだとわかって身構えていたが、猫宮が指定した店はギリギリ居酒屋といった店構えに見えて、少しほっとした。

「ああ、こっちこっち」

店の奥から門倉マコの声が聞こえた。猫宮は何も言わなかったが、予想したとおりだった。

「こんばんは。やっぱり、門倉さんいらっしゃったんですね」

「猫宮くん、言ってなかったの？　あ、そうだ、マコでいいからね」

そうは言われてもなかなか呼びづらい。だが猫宮も「マコさん」と呼んでいたので、ここは言われた通りに従うことにする。

「素敵なお店ですね。マコさんが選んだんですか？」

「うん、まあね。この辺はいわゆる歓楽街なんだけど、ここはリーズナブルだから」

わたしは促されるままにお酒を注文した。猫宮はいつも通り、アルコールは飲んでいないらしい。

「猫宮くんはお酒じゃなくていいの？　昔は少しは飲んでたでしょう？」

「やめたんですよ。お酒を飲んだら、そのあと本が読めなくなるから」

「相変わらず本ばっかり読んでるんだ。これ、さっき頼んだやつもよかったら食べてね」

門倉は、テーブルに並んだ料理をわたしのほうに促した。どれもシンプルな居酒屋メニューだった。一口摘んだ水なすの煮物は薄味ながら出汁《だし》が利いていて、なるほど京都らしいなと感じるものだった。

「美味しいですね、これ」

「そう言ってもらえて良かった。この辺りは雰囲気も良いでしょう？」

「ええ。途中にも小さな川があって、夜散歩するにはいいですよね」

「ああ、高瀬川ね」

名前は知らなかった。京都の川といえば、わたしは鴨川くらいしか名前を知らない。

「初めて知りました」

「『高瀬舟は京都の高瀬川を上下する小舟である』」

猫宮が言った。

「鷗外の『高瀬舟』ね」

門倉は知っているようだが、わたしはその作品を読んだことがない。

「その通りです」

どうやら今、猫宮が言ったのは森鷗外の『高瀬舟』という小説の一文らしい。

「でもそれじゃあ、あの川を船が往来していたということですか？」

見る限りとても船が通れそうな川幅ではなかったが、昔は違ったのだろうか。

「そのようですね。高瀬舟というのは、普通の船と違って船底が平らに近くて、水深の浅い高瀬川でも十分通れたようです。当時は伏見の辺りと、この洛中を結ぶ重要な航路だった。しかし、今では鴨川で分断されてしまったこともあって、運河として使われることはないんでしょう」

猫宮が説明をしてくれる。門倉は頷いているが、京都の人にとってはこのくらい常識なのだろうか。

「わたし森鷗外って『舞姫』くらいしか読んだことがなくて。それも高校生のときに授業で読んだだけなのでほとんど知識はありません。『高瀬舟』はどんな話なんですか？」

うーん、と言いながら猫宮が門倉をチラッと見た。門倉が頷いたのは、君が言い出したんだからよろしくね、という意図だろうか。

「ほんの短い話なんですけどね。要は、病気で苦しむ弟を殺してしまった罪人を高瀬舟は運んでいるんですよ」

「はあ」

「つまり、安楽死についての話なんです」

そういえば最近も医者が難病の患者を安楽死させたという話が、大きな話題になっていた。しかし鷗外といえば、もう百年は前の作家である。その時代から、安楽死の問題を扱っていたということだろうか。

「なかなか深刻なテーマですね。高瀬川を見ただけでは、そんなこと思いもしなかったけど。安楽死ってやっぱり昔から議論になるような問題だったんでしょうか？」

わたしがそう言うと、門倉が頷いた。

「問題って言っても、外側の人間からすれば大したことがないものに見えるかもしれない。ほら最近あった医者による安楽死だってそうでしょう。『病気の人は必ずそれを治療したいと思っている』という非当事者の単純な理解が問題を複雑にしている可能性もあるし、安楽死を選んだ本人の意図なんてわかりようがない」

「しかしその医者のやったことは、端的に殺人です」

猫宮が言い切った。彼にしては強い口調だった。

「もちろん、わかってるよ。だけど外側にいるわたしたちが簡単に判断できるようなことじゃないでしょ。それでも自分事として言えば、安楽死を選ぶという選択は理解できないものじゃないかもしれない。わたしにだって似た経験はあるからね」

猫宮はそれを聞いて、遠くを見つめるような仕草をした。この二人は一体何の話をしているのだろうか。わたしにはわからなかったが、少なくとも二人は随分と前からの知り合いで、同じ出来事を思い浮かべているようだ。

猫宮が何も言わないので、門倉が続ける。

「猫宮くんにも迷惑かけたね」

「いや」

猫宮はそれきり黙ってしまった。わたしのほうを見ないのも、これ以上はその話をする気はないぞ、という意思表示かもしれない。

「そういえばマコさんは、京都に住んでいらっしゃるんですか？」

話題を変えようとすると門倉は、何も話してなかったね、と言ってから、

「今はね。実はこの店、わたしが経営してるんだ。この辺りで別の仕事もしながらね。猫宮くんと最初に会った頃は東京に住んでいたけれど」

門倉の貫禄からしても経営者というのはさもありなんという肩書ではあったが、それでも驚きだった。

「すごいですね」

「ま、そういうわけだから気楽に何でも食べてね」

「あ、ありがとうございます」

「それじゃあ僕はホテルに戻りますね」

猫宮が立ち上がろうとした。

「え？」

「マコさんが、渋谷さんを呼んでほしいって言ったんですよ。僕はもう、お酒も飲まないし。今日買ってきた本もチェックしたいんで、このあたりで失礼します。お二人はごゆっくりどうぞ」

猫宮はそれだけ言ってさっさと店を出ていった。これまでの経験からして機嫌が悪くなったというわけではなさそうだ。彼にとってはただ、ここにいても特別な用がないから帰る、という表明でしかないのだろう。

「彼は、ずっとあんな感じ？」

猫宮が出ていくのをじっと見ていた門倉が、目線をわたしに移して聞いてきた。

「ええ。といっても、猫宮さんと知り合ってからまだそんなに長くはないんです。マコさんのほうがよく知ってるんじゃないですか？」

「どうだろう。でも猫宮くんは、あなたには随分心を開いているように見えるけどね。昔だったら面倒がって、わざわざあなたを呼んでくれることもなかったと思うし」

それならば、そもそも猫宮が呼び出されて門倉と二人で食事をしていた、ということのほうがイレギュラーに思えてくる。

「猫宮くんとはどのくらいの付き合いなの？」

「知り合って、一年くらいです。わたしが大学生のときの指導教官が猫宮さんの大学の先輩で、ご相談があって紹介していただいたんです」

「なるほどね。そういえば最初に会ったとき、彼はまだ大学生だったな。わたしも二十代だったし」

「あの……マコさんって、おいくつなんですか?」

この質問はまだ少し早かっただろうか、とは思ったが向こうもどうもこちらのことを知ろうとしている気がして、少し距離を詰めてみた。よく考えてみたら、ほんの数時間前に偶然知り合っただけの人と、今こうして夕食を共にしてプライベートな話にまで突っ込んでいるというのは不思議なものだ。

門倉という人物に対して、わたしはすでに好意を持っている。

最近は、自分がある人を好意的に思っているかどうか、ということを意識的になるべく早く判断している。好意を持てないとわかった時に、仕事の付き合いなら顔に出ないようにするためだ。要は処世術でしかないが、それが役に立つ世界に生きているのだろう。

自分の感情を理解して行動を決めていれば幾分か気持ちは楽である。わたしの基準に当てはめてみても、門倉は魅力的な人物に思えたし、向こうもこちらにある程度良い印象を持っているように感じる。でなければわざわざ食事の席に誘うことはあるまい。ただ、マコへの感情は抜きにしても、彼女が猫宮とどういう関係なのか、ということはやはり気になった。

「年齢は、あなたよりは上だと思う」

明確な答えは聞けないまま質問は上手く躱《かわ》されてしまった。仕方ないので話題を変えるしかない。

「改めて、今日は本当にありがとうございました。おかげでハナさんに辿り着くことができました」

「あの辺りで、真剣に歌を聴いている人なんて珍しいなって思ってね」

「わたし、そんな必死でしたか？」

「うーん、でも誰かに声を掛けようなんて今まで思ったこともなかったからね。普通じゃない雰囲気は何かあったのかも」

「それって、客観的に考えてやばい人ってことですよね」

「それで言ったら声を掛けたわたしもやばい」

門倉が笑ったので、つられて笑う。

門倉とは小一時間ほど、たわいもない話を続けた。どうやら彼女はただわたしと話をしたかっただけのようで、特別な中身がある話題はなかった。ハナについても、昼間に聞いた以上のことは知らないようだ。しばらく会話を続けたあと、あまり遅くなると悪いからね、と門倉が言うので席を立った。

店を出ると、散歩がてらホテルまで送る、と申し出てくれたので二人で歩き始めた。日中は暑かったが、夜はどちらかといえば少し寒いくらいだった。

歩き始めてしばらく会話が途切れていたが、先ほどから気になっていたことを切り出した。

「さっきの『高瀬舟』の話、マコさんにも同じようなことがあったって、あれは……」

「その話、する？」

門倉は高瀬川のほうを見つめながら言った。

「すいません、もしあまりお話ししたくないことであれば構いません」

「いや、別にいいんだけどね。うん、何から話そうか。そうだな……実は結構若い頃に子供がいたんだ。あ、過去形はおかしいか」

思いがけない告白だったが、門倉の話し方にあまり思い詰めた様子はなかった。

「ただ、わたしにとってはそういう表現をするしかなくてね……その子にはある障害があったの。で、その障害を持ったまま生きる人生はどんなものなんだろうなって、わたしも色々と考えちゃってね」

「ええ」

「当たり前だけど安楽死なんて結論にはならない。でもね、ある意味であの子にとっては……というよりもわたしにとっても同じことだったのかもしれない。わたしは子供を自分の親に預けて、一人で東京に出ちゃったの」

「その後、お子さんとは？」

「会ってない。もう十数年は経つから。別れたときは五歳にもなってなかった。一言にしてしまえば、わたしには自信がなかったんだな」

「お子さんを育てる自信、ということですか？」

「うーん……そうとも言えるのかもしれないけど。要は、わたしがずっとわたしでいられる自信、ってことかな」

「なるほど」

「わかる？」

「いや、わかったと即答できるようなお話ではないかなと思って」

「まあそうだよね」

「でも、本当にそれ以来十年以上お子さんには会ってないんですね」

猫宮も知っていたのだろうか。

「きっと顔も覚えていないだろうね」


昼に少し眠ったからか、ホテルに戻ってもまだ目は冴えていた。ほとんど使ったことがないスマホの電子書籍アプリを立ち上げて、『高瀬舟』を検索する。すでに鷗外が亡くなってから七十年を超えているから、テキストはパブリックドメインになっているようだ。音楽では古典といわれる曲でも著作権フリーになることはなかなかないのでありがたい。

『夜舟で寝ることは、罪人にも許されてゐるのに、喜助は横にならうともせず、雲の濃淡に従つて、光の増したり減じたりする月を仰いで、默つてゐる。』

しばらく読み進めて、この文が妙に頭に残った。

夜の高瀬川を、罪人の喜助を乗せた船が流れていく。しかし罪人を連行している庄兵衛という役人は、喜助がまるで罪人らしくない安らかな顔をしているのを不思議に思う。喜助は、実の弟を殺した罪で高瀬舟に乗せられているわけだが、その殺した理由というのが、今でいうところの安楽死である。

自殺を図ったが生きながらえてしまい、痛みにもがく弟。それ以上生きていても苦しむばかりだ、と思われた弟に喜助は止《とど》めをさしてやった。そして、庄兵衛から見た喜助は鷗外の言葉を借りれば「足るを知る」様子で、超然と構えているように見える。役人として安定した生活を送りつつも、罪人の輸送というやりたくもない仕事をしている庄兵衛にはそれが羨ましくも思える、という短い話だった。

ほんの一時間前、高瀬川のそばを一緒に歩いた門倉の表情は、少なくとも自分の過去についてすべてを受け入れているように見えた。そういえばハナの歌にもそんな諦観とも違う、一種の悟りのようなものが存在している気がする。彼女が同じ曲を二度と歌わないのも、彼女の悟りだと言われたら、理解はできないが納得してしまいそうだ。

4

翌朝は猫宮に誘われて、少しリッチな朝食をいただいた。朝からこんなに食べられるかな、という量だったが、土鍋で炊かれたご飯は優しい味で、気づけば定食をすべて食べ終わっていた。

その後、午後にハナの歌を聴きに行くまで、しばらくは用事がない。そう伝えると、猫宮はまた一軒訪れたい本屋があるというので、わたしも一緒に行くことになった。

京都にはインディペンデントの書店が多い、というのは猫宮の話で初めて知った。猫宮はそのうちの一つにただ行ってみたかっただけのようで、三十分ほどゆっくりと歩きながら店内を物色して、文庫本を一冊買って出てきた。

「まあここで買わなきゃいけないような本ではないんですけどね。ちょうど探していた小説があったので。渋谷さんは何も買わなくていいんですか？」

「ええ、大丈夫です。でもかわいいお店ですね、ここ」

「中の喫茶も人気らしいですよ」

「猫宮さん、京都のこと結構詳しいですよね。実はよく来られてるんですか？」

「いや、かなり久しぶりです」

「前にいらっしゃったときは門倉さんに会わなかったんですか？」

猫宮は質問に無表情のまま答えた。

「いや、昨日は相当久しぶりでしたね。前に会ったのはいつだったかな？　もう大分昔のことですよ。まだ彼女が東京にいた頃だから……」

昨日ハナの路上ライブがあった時間よりも、三十分ほど前に鴨川デルタまでやって来た。門倉は来ていないようだ。別れ際に特別約束をしたわけではなかったが、なぜか今日もここに来るものだと思っていた。少し拍子抜けしてしまった。

「マコさんからは何も？」

猫宮も同じことを考えていたようだ。

「ええ、特に連絡もありません。来るのかなと思ってたんですけど」

そんなことを話しているうちに今日は昨日よりも少し早くハナがやって来た。昨日とあまり変わらない服装で、違うのは髪飾りのリボンの色が白になっていることくらいだろうか。

今気づいたが、メイクもほとんどしていない。それでも、彼女の表情はすでにそこがステージであることを、見ている側に実感させる。周りにはわたしと猫宮以外に歌を聴こうとしている人は誰もいない。

準備を早々に済ませて、ハナがギターでイントロを弾き始める。入りの部分は昨日の曲にも似たパートがあったが、やはり違う曲らしい。

わたしがどこの誰かだとか
気にしないできれいにいられるような
そんな関係にみえるデルタ

曲はまた五分も経たないうちに終わってしまう。わたしは今日も、他のことを一切考えずにハナの歌を聴くことだけに集中していた。自分の隣に作詞家がいたことも忘れていたくらいだ。だからライブが終わるなり彼がハナに向かって歩みを進めて話し掛けていたのも、ただぼんやりと「そんなようなこと」が目の前で起こっているのが見えただけだったのだ。

「素晴らしかったです」

そのように聞こえた。

「えっと……」

「猫宮といいます」

「猫宮さん。そうですか、今日は最後まで聴いてくれて嬉しかったです」

「今のは新しい曲ですか？」

「はい。今日ここに来る前に作ったんです」

「とてもいい曲ですね」

「ありがとうございます。えっと……ご一緒だったんですか？」

ハナがこちらを見て言ったようだったので、ふらふらと近づいて話し掛ける。

「こんにちは。今日も来てしまいました」

「そうでしたか。ありがとうございます」

「あの……どうして前と同じ曲は歌わないんですか？」

わたしは思わず考えていたことを聞いていた。

「今日、新しいものができたからです。これが今、わたしの一番好きな曲です」

ハナは当たり前のように言った。本当に、それが唯一の答えであるという口調だった。

「これを受け取ってもらえませんか？」

わたしは昨日渡せなかった名刺を差し出した。

「ありがとうございます」

ハナはほとんど表情を変えずにそれを受け取る。

「もし、ハナさんが自分の楽曲をCDにしたい、というお気持ちがあったらご連絡もらえると嬉しいです」

そう言うと、ハナは少しぎょっとした表情でこちらを見た。

「あの、どうして……」

ハナは何かを続けようとしたが、すぐに目線を名刺に落として、そのままギターを仕舞ってまた昨日と同じようにそそくさと立ち去ろうとした。

「ぜひ、連絡ください」

わたしはその背中に、また昨日と同じように声を掛けるしかなかった。少し離れた鴨川に架かる橋のほうに目線を向けると、そこで門倉が手を振っていた。一連のやり取りを見ていたのだろうか。もう一方の手には昨日と同じコーヒーを持っている。

「猫宮さん、ハナさんはあんまり乗り気じゃないってことなんですかね？」

三人で鴨川沿いを歩きながら街中にある喫茶店に移動する途中、わたしは名刺を渡したときのハナの反応を思い出しながら言った。今でこそ、デビューに様々な方法がある世の中だが、以前ならこうやって弾き語りをしているアーティストに、Sレーベルスの名刺を見せると大体はもう少し良い反応をしたものである。

もちろんレコード会社から声が掛かればすぐにデビューが決まるわけではない、ということがわかっている人もいる。しかし音楽家としての成功に繋がる可能性は、一人で活動しているよりは格段に上がるだろう。

「そうですね」

猫宮は何かを考えているようだった。

「ほら、そこはかえでちゃんの腕の見せ所でしょう」

門倉が横から突っ込んで来る。一日経って距離の取り方も定まったようで、いつの間にかしっかり名前で呼ばれるようになっていた。

ようやく辿り着いたのは洋風の古い喫茶店で、まだそれほど暗くない時間でも幻想的な雰囲気が広がっていた。そのせいなのか、ガラスの窓に先ほどのハナの表情が映って見えた気がした。

「ハナさんと上手くコミュニケーションが取れたらいいんですけど」

「うーん……でも、わたしが見てる限りでは、二人が今までで一番彼女と話ができていたような気がするけど」

「マコさんは、以前ハナさんと、お話しされたことはあるんですか？」

「え？　まあ最初に会ったときにちょっとくらいはね。でも大したことは何も話してないよ。ごめんね、参考にならなくて」

「いや、そんなことはないですけど」

「でもマコさん。まだハナさんのことで僕らに話していないことがあるんじゃないですか？」

猫宮が門倉に言った。

「え？」

「昨日の話では、マコさんがしっかりとハナさんの演奏を聴いたのは二回。昨日と今日も入れたらハナさんの歌うところを見ているのは四回ですよね？」

「たしかそう仰っていたかと」

わたしが付け加える。

「それだけの情報で今までで一番彼女が人と話していたと思うってことは、本当はそれよりも多い回数、その姿を見ているんじゃないですか。いつも彼女はすぐに帰ってしまうのでしょうし、初めて会った時にマコさんが話し掛けたのだとしたら、比較対象になるのは二回目に見た時のことだけですよね。それだけで『今までで一番』というのはちょっとおかしいように思ったんですけど」

猫宮はそう言って門倉のほうをじっと見つめた。

「ああ、ごめんごめん、それは言葉の綾だよ」

門倉は笑った。わたしたちはそれ以上、何も話せることがなく、そろって窓の外の鴨川を見つめていた。


「綺麗ですね」

猫宮が言った。

京都の夜は一千年前、いやそこまでいかなくても百年くらい前までは、火を灯すくらいしかこの時間に街の明るさを保つ方法はなかったはずだ。しかし、とてもそんなことが想像できないくらいに、ライトアップされることが街のデザインの本質的な部分に組み込まれているとしか考えられない。

「そういえば、哲学の道、っていうんですよね。この先の辺り」

「そこはライトアップはされていないみたいですけどね」

喫茶店から一度宿に戻った後、今度はわたしから猫宮を誘ってもう一度出かけることになった。せっかくなので京都の街を少しくらいは観光しておきたい。そう思って猫宮に声を掛けたら、夜なら東山方面を見たいと言うので足を運んだのだ。

「そういえば、どうして哲学の道っていうんですか」

「京都大学にいた哲学者、たとえば西田《にしだ》幾多郎《きたろう》がこの辺をよく散策していたという話からです。世界的に見ても、彼は日本人の中で一番著名な哲学者と言えるでしょうね」

「西田幾多郎って、名前は聞いたことがある気がします。たしか歴史の教科書にも載ってますよね？」

「この付近で歴史の教科書に載っていそうなものなら、道の先にある銀閣寺はさすがに知っていますよね。あとは近くに鹿ケ谷《ししがたに》という土地があります。ここも日本史に出て来ますね」

「ししがたに？」

「鹿《しか》、と書いて『しし』と読むんです。平安時代の末期に鹿ケ谷の陰謀、というのがあったのを知りませんか」

「聞いたことは……ある気がします」

「当時絶大な力を持っていた平清盛を筆頭とした平家、その平家打倒のための話し合いが鹿ケ谷で行われたようです。当時の清盛は天皇以上の力を持った権力者なわけですから、彼を倒そうというのはかなり大きなクーデターですね。まあ基本的には失敗したから陰謀、と呼ばれているわけですけど」

「失敗したから？」

「成功していたら政権交代で、陰謀とは呼ばれません」

「ああ、なるほど」

「そういえば、鹿ケ谷といえば『奇異雑談集《きいぞうだんしゅう》』に、同じ読みの地名に纏《まつ》わる別の話が出てきます。同じく京都東山にある獅子谷《ししがたに》という村に関するものです。これはライオンの獅子ですけど、その獅子谷で鬼子《おにご》が生まれたという話がありましてね。獅子谷と、鹿ケ谷が同じ由来があって近い名前がついているのか、そこまでは知らないんですが、同じ東山地域なのでまったく関係がないということはないでしょう。要はフィクションのようなものなので、鬼子が生まれた地をすべて同じ名前にするのは憚《はばか》られてちょっとぼやかした名前をつかったのかもしれません」

「鬼子、っていうのはなんですか？」

「異形の子です。特にその時代だったら、まずは歯が生えた状態で生まれて来た子のことですね。そういう子供は縁起の悪いものだってことで、捨てられたり、あるいは殺されてしまったりしたようです」

「ひどいですね」

「ただね、鬼子というのはなかなか微妙な概念なんですよ。生まれつき歯があるというのはたしかに平均的ではない。ただこれは言いようによっては、ものすごく発育が早いとも考えられる。だから、普通よりも発育が早い子供のことを鬼子ということもあるんです。この場合、現代的な感覚で言っても悪いものとは限らない。ただ、その親にとっては過ぎたるは及ばざるが如し、という考えなのかもしれませんが」

「親の手に負えない子供ということですか」

「そういう見方もあるでしょうね」

「マコさんが……」

わたしはふと思い出したことを言いかけて、一瞬言葉に詰まってしまった。

「ああ、その話聞いてたんですか」

猫宮は何でもないように応える。

「若い頃に自分の子供を、地元に置いて出ていってしまったって」

「僕が東京に出て来た彼女に会ったのは、その後のことですね。話は、一度だけ聞いたことがありました」

「子供とはその後一度も会っていないって」

「ええ」

「でも、京都に戻って来ているってことは、やっぱりマコさんは後悔していて、子供と再会するのが目的だったんじゃないんですか？　普通は会いたいって思う気がするんですけど」

考えを伝えると、猫宮は、

「普通、というのがマコさんに当てはまるのかはわかりません。鬼子は殺してしまおうという考え方だって、当時はそれが普通なわけですよね。でも、ある意味では渋谷さんの言っていることは間違ってないですね」

「え？」

「ハナさんが、マコさんの娘なんです」

猫宮は当たり前のように言った。

「そうなんですか」

「だから、彼女はすでに自分の娘には会っています」

本当なのだろうか。猫宮と門倉の間にはわたしが知らない関係もまだありそうだし、猫宮が断定するのならまったくの見当違いということはなさそうだ。

「でも、娘にはずっと会ってないって」

「それこそ『言葉の綾』かもしれないですね」

先ほど門倉が使っていたその言葉にどきっとした。

「もしかしてマコさんは、自分が母親だってことをハナさんに伝えてないってことなんですか？」

「あるいは伝わってない、ということでしょうね」

猫宮がハナの視点で言い直したのは、門倉の心情を思ってのことなのだろうか。それでもわたしからすれば、なぜ自分が母親だということを明確に伝えないのかがよくわからなかった。

「でもわたしは、言ってあげればいいのにと思ってしまうんですけど」

「そうですね」

「じゃあどうして……」

わたしはハナのことを思い出していた。まだ数回、合計しても一時間にも満たない時間しか彼女を見ていない。ただ、だからこそなのか、あるいは世界に彼女の才能を正しく認識している人間が自分も含めてほんの数人しかいなそうだ、という意識がそうさせるのか、ハナと門倉とのことを他人事には思えなかった。

「もちろん僕に、マコさんの考えがすべてわかるわけではありません。想像はできるけど、それは僕の知っているマコさんを僕がトレースして導き出したものでしかない。陳腐な言葉ですけど、彼女には彼女の理由が、いつだってあるんだと思いますよ。ただ言うなれば、もう時間が経ち過ぎている、ということでしょうか」

「たかが時間だけが問題なんですか？」

猫宮はこちらを見ない。

「渋谷さん。僕が作詞家としてデビューした曲がありますよね。あれももう発売されて十年以上前になります。あのグループの最新の曲って、聴きましたか？」

唐突な質問はいつものことだったが、予想外の内容だった。猫宮の関わった曲は大体聴いているはずだが、わたしはまだその曲は聴いていなかった。わざわざ訊ねるということは猫宮が作詞した曲なのだろう。

「まあ一応」

なぜか正直に打ち明けることがためらわれて、そう答えてしまう。猫宮の作ったものは全部チェックしている、というのは周りに対してそう言いたいだけのことだと思っていたはずなのに、本人にも同じことを言ってしまうのはどうしてだろう。

「夜船《よふね》」

猫宮がそう言った。いつの間にか小高いところまで登っていて、京都の街の一部が見える。

「猫宮さん？」

猫宮はおそらく高瀬川のあるほうを見ている。

「高瀬川には昔はもっとたくさん、船が行き来してたんですね。今では動いている光は、車とか、電車とか、そんなところですか。処刑に連れていかれるような人はいない。僕が百年前に、ここから船に乗った二人の人を見たと言ったら誰も疑わなかったはずですが、今では誰も信じてくれないでしょうね」

「時間の流れ、ということですか」

「ええ。流れというのは不思議な表現ですよね。川の流れも、時間の流れも、本当はそこにはない。ヘラクレイトスは、同じ川に二度入ることはできない、と言いましたけど、それはつまり川が流れているからです。でも実際には、川の流れそのものだって何か具体的に存在しているわけではないんです」

ヘラクレイトスの話は、大学生の頃になんとなく聞いた記憶があるが、今、京都で聞くことになるとは思わなかった。哲学の道を歩いた後だから、こんな会話になったのだろうか。

「それなら、わたしたちは時間の流れの中にいるわけじゃないんですか？」

思い浮かんだことをそのまま口にしていた。

「僕たちが、時間の流れそのものなんですよ」

5

その夜はなかなか寝付けず、翌朝に目が覚めたときには十時を回っていた。チェックアウトの時間に猫宮と待ち合わせの約束をしている。部屋でメールを一通書いてから、十一時のチェックアウト時間ギリギリになって向かった、ホテルのフロントで猫宮のことを聞くと、彼はかなり前にチェックアウトを済ませていた。ロビーで昨日の話を思い出しながら待っていると、入り口から猫宮が入ってきてわたしの座っていた向かいのソファに腰掛けた。

「おはようございます。どこか行かれてたんですか？」

「散歩です、その辺まで」

「昨日も結構歩いたのに」

「東京にいると全然そんな気分にはならないんですけどね。目の前に片付けなければいけない仕事がないから、歩こうかという気になるのかもしれません」

「帰りの新幹線は夜に予約しています」

「それならまだ、結構時間がありますね」

「猫宮さん、わたしもう一度あの場所に行ってみようと思うんです。ハナさんが歌っているあの場所に。それで……」

猫宮は表情を変えなかった。昨日交わした言葉のいくつかが蘇ってくる。彼はこれ以上ハナと門倉のことには、触れないほうが良いと思っているのだろうか。

「わたし、マコさんにも連絡したんです。もう一度一緒に行きましょうって。できることならハナさんに本当のことを話してほしいって」

「彼女にそう伝えたんですか？」

「はい」

猫宮は立ち上がって言った。

「それなら、僕も行かせてください」

京都に旅行に来て、三日連続で同じ場所を訪れる人はどのくらいいるのだろう。同じ流れは二度とないのだから、ここが同じ場所と言ってもやはり昨日とも一昨日とも違うのかもしれない。すぐそこには川があるのだから尚更だ。

門倉は既に到着していた。妙に天気の良かった昨日までと違って、空が少し暗い。雨もぽつぽつと降って来ており、彼女は赤い傘をさしていた。

「昨日はあの後猫宮くんと、デートして来たの？」

「いや、そういうわけじゃ……」

「でも、彼から何か話を聞いたんでしょ。だから、今日またここに来てくれって連絡して来た。別にもうわたしがいなくても、彼女と話す分には問題ないだろうし」

「今日はマコさんに、ハナさんとお話をしてほしいんです」

「本当のことを？」

「ええ、本当のことを」

ハナは天気と関係なく生活しているのか、雨の中傘をさすこともなく現れた。楽器に支障が出る気もするが、短時間だから気にしていないのだろうか。この二日間と同じように、準備をして歌い始めた。

普段その中にいてもあまり気にならないが、雨の音というのは随分と大きいらしい。彼女の歌もこれまでとはだいぶ変わって聞こえた。ギターの音が小さくなった代わりに、彼女の歌はむしろ耳に近い所で聞こえてくるように思えた。

それはなんて悲しい生き物なの
正しくしか生きられないなんて

不思議なことに、今日の曲は今までとは違って「昨日の曲」の続きであるように聞こえた。つまりまったく新しい曲というよりは、これまでの曲を踏襲したものなのだ。そのためか、ある意味でこれまでに聴いた曲よりも、わたしは一聴して彼女が歌う目の前の曲が好きになっていた。できることならこの曲をもっと多くの人に聴いてほしい。そのためにも会社からリリースをしたい。ただ、わたしがそれを伝えるよりも、今日は大事なことがある。

曲を終えて、ハナが楽器を仕舞う様子を眺めていた。雨だったからか、ギターをタオルで拭いている。門倉に目配せをした。門倉はわたしを一度じっと見て、小さく首を振った。

「ハナさん」

わたしは声を掛けた。

「はい？」

ハナは驚いたような顔をしていた。

「今の曲は、何を思って作ったんですか？」

「何を？」

「何かイメージがあったんじゃないかって」

「いえ。でもわたしが歌ってるのはいつも、ずっと同じ理由です」

「それは？」

ハナはもう片付けを終えて、すぐにでも歩き出そうという仕草をした。

「毎朝歌わなきゃいけない曲を思いつくから。あとはわたし、自分のお母さんを探しているんです。ずっと。いつか歌を聴いて、わたしに会いに来てくれたらいいなって」

「それなら……」

わたしが言いかけた時にはもうハナは歩き出していた。雨で道行く人が傘をさしているせいか、歩き出した彼女はすぐに人の陰になってしまった。


門倉とは、三条の駅で別れて、猫宮と一緒に京都駅に向かった。新幹線の時間まではまだ余裕がある。一応出張で来ているのだから会社に何かお土産でも、と考えなくもなかったが、今さら京都のお菓子で喜ぶような人たちではないだろう。いいアーティストを見つけた、というのが一番のお土産になるはずだったが、どうもあまり見込みがないかもしれない。

「マコさんはどうして、わたしにハナさんの歌を聴かせたりしたんでしょう？　もしかして猫宮さんが事前に、わたしのことを伝えていたってわけじゃないですよね？」

わたしたちは駅ビルに入って、エスカレーターで上を目指した。京都駅ビルにある大階段はずっと前から気になっていたが、一度も上まで登ったことがなかった。

「そんなことしませんよ。だいたい、渋谷さんが探していた人が誰だかわからなかったんだから。僕の知り合いが関係しているなんていうのは事前に知りようがないですし」

しかし門倉と猫宮が連絡を取り合っているのであれば、まったく可能性がないわけでもないだろう。母親として、娘のためにその音楽を世に広げてくれる人を探していた、とか。でも、彼女自身は母親を見つけることが夢だと言っていたのだから、ハナを応援したいのなら自分が名乗り出ればいいだけのことだ。

「あの……マコさんと猫宮さんて、そもそもどういう関係だったんですか？」

ちょうど屋上まで着いたところで、猫宮に切り出してみた。

「渋谷さん、京都の白河という川を知っていますか？」

「猫宮さん、何か誤魔化してませんか？　まあいいですけど、また川ですか？　知りません。ここから見えますか？」

ここからおそらく昨日歩いた小径が見えるだろう。

「僕も知りません」

「え？」

「白河というのは地名で、そんな川はないんです。かつては本当に川があったからそんな名前なのかもしれませんけどね。昔、京都を旅行したという嘘を吐いた人が、『白河はどうだったか？』と聞かれて『夜に船で通ったので、寝ていて覚えていない』と答えて嘘がばれたそうです。それで、要は知ったかぶることを『白河夜船《しらかわよふね》』というんですよ」

「はあ」

「僕が最初に歌詞を書いたあのグループ、実はもう五年以上前に解散しているんです。だから、最新曲というのは実はありません。強いて言うなら、五年前の曲。解散の直前に作ったのが最新曲です」

「え、そうだったんですか？」

「はい。なんで昨日は聴いたなんて言ったんです？」

「いや、それは……」

「まあ、別にそれはいいんですけどね」

「えっと……すいません。何の話をしてるんですか？」

「そのグループのプロデューサーだったのがマコさんなんです。つまり、僕に最初の作詞の仕事をくれたのが彼女です」

「アイドルのプロデューサー？　そうだったんですか。しかも解散してたんですね。五年前くらいだと、いろんなアイドルグループがたくさん出て来て、何が増えて、何が解散したのかももうわからなくなっていた頃な気がします」

「だから、彼女が安楽死させたんですよ」

「え?」

猫宮の言った言葉の意味が一瞬わからず、聞き返してしまった。

「マコさんが言っていた、僕にも迷惑をかけた『覚えのあること』というのは多分その解散のことですよ」

「自分のプロデュースしているアイドルグループを解散させた、ということですか?」

「そうです。さっき渋谷さんが言ったとおり、当時はアイドルグループが増えすぎていた。そして既存のグループからは、内容が新しいものは何も生まれない。このままだと、ただ過去の再生産になってしまう。メンバーの子たちの未来を考えても、だらだらと活動を続けたところでマイナスになるだけだ。これ以上続けても誰にとっても幸せではない……というのがマコさんの判断だったようです。僕もそのとき、彼女から相談されましたけど、これぱかりは彼女がいう安楽死が正しいのだろうな、と思いました」

「たしかに、終わらせるタイミングというのは難しいですよね。特にアイドルグループって、メンバーの意思よりもプロデューサーが何をしたいか、それがすべてだって先輩にも言われたことがあります。プロデューサーのやりたいこととか思い入れがなくなったら、続けられないとも」

「ええ。少なくともグループとして続けることは難しいかもしれないですね。ある程度の規模になってしまったらそんな簡単にはやめられない、という場合のほうが多いですけど」

たしかに、わたしの働く会社の中でも、もはやメンバーの意思とは関係のないところで止まれなくなっているプロジェクトはたくさんある。それこそアイドルグループならば、プロデューサーに何らかのビジョンがあれば幸いなのだろうが、そうでないものはただ続けることのみが目的になり、当然作品は劣化していく。

わたしたちの仕事は作品を世に出していくことだが、それが単なる目的になってしまったときに、作られている音楽作品たちは本質的なものではなくなってしまう。かといって当然、続けなければ作品が世に出ることもないのだから、どんな状態でも続けていく努力をしないわけにはいかない。

「でも、マコさんには止めることができたわけですね」

「ええ。彼女の信念だったように思います」

「ハナさんに本当のことを話さないこともですか？」

わたしがそう言うと、猫宮はほんの少し黙って考える素振りを見せた。そして少し間を置いて言った。

「やっぱりハナさんのこと、シンガーソングライターとしてデビューさせたいと思っていますか？」

それについては、気持ちに変わりはない。今回彼女の歌を聴いて、世に出すべきだと改めて確信した。ただ、彼女にその気があるのか、というのが一番のポイントになるだろう。

「はい。正直に言って、色々問題はありそうですけど」

「彼女が歌うのは難しいと思うんです。作詞や作曲だけなら、できると思いますけど」

「それは、ハナさんが人前に出るタイプではない、ということですか？」

「いや」

そう言って猫宮はまた少し間を置いた。

「彼女が同じ歌を二度歌わない理由って何だと思いますか？」

「それはつまり、毎回もっといい曲ができるので、自分でも前に作ったものを演奏するよりも、新しくできた新曲を演奏したくなるからじゃないでしょうか？」

「たしかに、彼女の曲を三曲聴きましたけど、どれも甲乙つけがたいものでした。ただそういうことではなくて、ハナさんはそもそも前の楽曲を覚えていないんです」

「覚えていない？」わたしは猫宮の表情を確認する。「それは、どういう意味ですか？」

「そのままの意味です。曲だけじゃなくて、ハナさんには前の日の記憶がないんですよ」

「え？」

前の日の記憶がない、つまりどの曲も、作って演奏したその日には忘れてしまって、だから前に作った曲はやらずに毎回新曲を演奏している。ということなのだろうか。

「おそらく、マコさんの話を聞く限りでは、昔から持っているという障害が要因になっているのではないかと思います。脳の問題で記憶に関して一日保てないという症状が起こることはありえるようですよ。もちろん、マコさんも今のハナさんの状況には気づいていないわけはないと思います」

「どうしてわかったんですか？」

わたしは言葉がまとまらず思わずそう質問していた。

「渋谷さんが気づかないのは、無理もないです。僕は昔、少しマコさんから娘さんのことについて聞いていましたから」

ハナは、一日ごとに記憶がリセットされてしまう。

それがいつから始まったものなのかはわからないが、それでもハナはずっと曲を作って歌い続けているというのか。

「僕らが昨日聴いた曲。あの曲で歌われていたのは、最初の日の僕らの様子です。きっとハナさんはその日あったことをメモするとか、何かしらの方法でほんの少しだけ毎日の記録を残しているんでしょうね。それが次の日の曲になる」

「あの……」

わたしは昨日ハナに会った時のことを思い出していた。

「もしかして昨日、ハナさんに名刺を渡した後、すごく驚いたような顔をしたのは、わたしが彼女の名前を呼んだから。ただそれだけだったんですか？」

「そうかもしれません。もちろん彼女の真意はわかりませんが」

「ああ、それじゃあマコさんは……」

わたしは彼女と初めて会った鴨川デルタの方角を思わず探していた。いつの間にか陽は落ちて、街にも光が灯っている。

「ハナさんに、すべて伝えているんですね。きっと何度も」

駅に向かって遠くから、光が近づいてきた。あの船は、夜の街をどこに向かうのだろうか。

「さあ、帰りましょうか」

改札へ向かおうとした時、少し暗くなった夜の景色からわたしを呼ぶ声が聞こえてきた。

「……マコさん」

駆け足で彼女は近づいてくる。

「もう東京に帰るの？」

「はい」

息を少し切らしながら、彼女は言葉を探していた。

「わたし……今度もう一度、彼女の路上ライブを見に行こうと思っている」

「それが、良いと思います」

「ありがとう」彼女は私の目を見て言った。「また会いましょう」

その言葉は、わたしの探していた歌声のようだった。

再開

1

「音楽性の違い」という表現がある。この言葉がどんなときに使われるかというと、バンドが解散する理由として発せられるのが圧倒的に多いだろう。

メンバー同士の音楽性が違ってしまったので解散する、というのは解散の理由としてもっともらしい。実際同じグループの中でクリエイティブの方向性がズレてしまうというのは、やりにくさがあるはずだ。一人はロックをやりたい、別の一人はジャズをやりたい、といった違いはどうしようもないものだ。現代の音楽ジャンルが細分化している現状自体が、そのどうしようもなさを証明しているとも言える。

逆に、デビューするバンドのよくある売り文句として「メンバーそれぞれの音楽性がミックスされた独自の音楽」というものがある。各々が違う音楽性を持っていることで、それらの良い点が抽出されて新しい音楽が生まれる。

これは幾分か大袈裟な宣伝の仕方とも言えるが、まったく誇大表現というわけでもない。人間同士でバンドをやっている以上は、それぞれが考えていることも違えば、演奏できる内容も違うし、好きなものも違う。これまで生まれてきた多くの音楽は、これらの違いを偶然が引き合わせた発明だ。

ではいったいどうして、バンドが「音楽性の違い」で解散するということがあるのだろうか。

「ま、正直ほとんどは普通に仲が悪くなっただけかな」

ウェブ音楽サイトのライターである増田《ますだ》が言った。彼はライターとしては若手だが、メジャーレーベルに所属するアーティストの記事を多く執筆している。どれもそれなりに高評価を受けているらしい。

「仲が悪くなったというよりは、仲が良くなくなったということでしょうか」

わたしは微妙に言葉を言い換えた。実際のところ、そこまで単純化できるような話ではない。それにバンドでなかったとしても、何年も一緒に仕事をしていれば当然人間関係は変容するのではないか。バンドで。それこそ学生時代から一緒に活動するバンドだったら、趣味や遊びの延長が仕事になっていくことで、お互いの関係が変化していくのは当然のことだろう。自分には今のところそういう仲間はいなかったので、想像でしかないけれど。

「バンドはそもそもが仲が良いところから始まることが多いし、高校や大学の同期の中でも、当然気の合う人と組んで始めるわけだからね」

「たしかに、それはそうですね。ただ、どんな理由で解散するとしても最終的に音楽性の違いと言ってしまうのが楽でもあるし、実際に音楽性というのは違ってくるんだとは思います」

そもそも、初めから音楽性なんてみんな違うに決まってるんですけど、という言葉は飲み込んだ。

この日はわたしが今興味を持っている大学生新人バンド「夕風ライド」の取材日だった。メンバーへの簡単なインタビューのために、ライターである増田が大学の学生サークル棟までやって来てくれていた。

最近は下北沢など、界隈のライブハウスで少しずつ知名度が上がっているとはいえ、夕風ライドにとってプロの取材を受ける場はほとんど初めてだった。

増田とは、他のバンドのライブ会場で何度か顔を合わせたことがきっかけで、話すようになった仲だ。それほど客数が多くないライブハウスでのイベントに通っていれば、客席でも同じ顔を見かけることは多く、気づいたらうっすらとした顔見知りのような関係になっていることがある。増田ともそんなことが数回続き、ある時ドリンクカウンターでタイミングが重なった折に声を掛けられた。

出会い方からして音楽の趣味が合うこともわかっていたので、お気に入りの夕風ライドを紹介した。

すると増田が興味を持って、今後のライブシーンを担う存在になるかもしれないと言ってくれた。大きな記事にはできないが、早いうちに少しでも話を聞いてみたいということで、場がセッティングされたのだった。

取材自体は緊張感はありつつも和やかに終わった。そして取材後に、せっかくだからということで大学の構内にあるカフェで、お茶をすることになったのだ。

増田との関係は、時々話す音楽の趣味が合う人、という程度だが、こうしてまだまったく先のわからないバンドのインタビューを引き受けてくれたというだけでも、信頼できる。

最近では音楽雑誌でも、ほとんどのインタビューが何らかの宣伝を目的にされている。今回のような誰が広告料を払うわけでもないインタビュー記事の制作は、基本的にはただ働きみたいなものなのだ。

増田との話はやはり音楽業界のことになりがちで、今日もいつのまにか話題は「音楽性」というキーワードになっていた。

「でも、キンドキの解散は『音楽性の違い』とはまた別だと思わない？」

「やっぱりそうなんですか？」

やはりこの話になったか、と思った。

「だって本当に、急な解散だったらしいから。その頃リアルタイムで情報を集めていたわけではなくて、後から聞いた話だけどね。解散からもう十年くらいになるのかな。僕もキンドキが解散した時は、音楽のジャンルのことなんか詳しく知らない頃だったよ。今なら少しはわかるけどさ」

増田が言った。年齢はわたしよりほんの少し上なので、増田とわたしの感覚はそれほど変わらないはずだ。自分も、当時ちゃんと音楽そのものを聴けていたのかどうか、まるで自信はない。

King with Donkey、通称キンドキは今から約十年前に、人気絶頂と言われる中、突然解散したバンドである。もちろんわたしも当時から名前はよく知っていた。ただ人気絶頂で、という表現は、最近やっと持つようになったイメージかもしれない。

わたし自身の感覚としては、解散時よりその数年前の時期が彼らの最盛期だった。その頃のキンドキは、出す曲すべてがヒットチャートの上位にランクインしていた。当時、土曜の朝早くにテレビで放送していたあるヒットチャート番組を観るために、休みにもかかわらず早起きをしていた。家族が誰も起きて来ないリビングで、何度もKing with Donkeyの名前を見たことはよく覚えている。

しかしある時期から、名前をそれほど見なくなっていた。わたし自身も段々とチャート番組を観なくなっていった頃だったが、わたしにとってキンドキは「売れなくなって」解散したという印象だったのだ。

最近になって先輩などから、何度か解散直前期のキンドキの曲の良さについて語られたことがあって、チャートでよく見かけていた最盛期以外の曲も聴くようになった。

「わたしは当時の感覚としては正直、急な解散ってイメージでもなくて」

「解散した頃の曲とか聴いてた？」

増田がそう言ったのは、わたしと同じように解散直前の楽曲を多くの人が覚えていないからだろうか。

「当時は聴いていませんでした。解散の数年前までは音楽チャート番組でもよくキンドキを観ていたので、リアルタイムで聴いていたのは、解散より前の時期の曲だけです。だからわたしとしては、最近キンドキの名前を聞かないなと思ったら解散だったので、大人気のまま解散というのはちょっと違和感があるんです。本当を言うと、解散を知ったのも数ヶ月後で……」

「そうだよね。僕も同じようなもん。正直僕らが思う『売れてる』っていう時期ってちょっと、世間が思うのとズレてるところもあるしね。キンドキも最後のほうはこれっていうヒット曲があるわけでもなかったと思うけど、以前の名残で音楽バラエティ番組なんかには呼ばれるから、世間的には有名な人気者って感じだったのかな。ただ改めて解散時の曲を聴くと、絶対に仲が悪くなっての解散ではないと思えるんだ。とにかく、やりたいことをやっている曲だから。多分かえでさんなら、解散直前期の音が好きなんじゃないかなって思って」

「まあ好きといえば、そうなんですけど」

断言しなかったのは、その時期のキンドキの曲をちゃんと聴いたのが最近になってからで、しかも人に言われてやっとだったという事実が頭を過《よぎ》ったためだった。

もちろん、いつ聴いたかとか、どんな経緯で聴いたかということは、その音楽を好きであるかどうかという点とは本質的には何の関係もない。ただ、なぜかリスナーとしてのプライドと、説明し難い罪悪感が重なって、自分から積極的に聴いたもの以外は「自分が好きなもの」として語りづらい気がしてしまう。

キンドキに関して言えば、真の人気絶頂期だけを当時見ていただけに尚更だ。要は、世間が騒いでいた時期にしか彼らの音楽を聴いていなかったミーハーなんだということを、結局肯定してしまうような、そんな感覚があった。

「解散直前期も格好いいよね」

「ラストアルバムは、世間一般のキンドキに対するイメージとは全然違いますもんね」

そして、今となってはどのアーティストのどんなアルバムよりもわたしはキンドキのラストアルバムを聴いているかもしれない。もし今、自分が無人島にCDを一枚持って行くなら、このアルバムを選ぶだろう。

売上最高を記録していた時期のKing with Donkeyの楽曲は、大雑把に表現してしまえば日本で受けるJ－POPあるいはJ－ROCKと言われる邦楽の王道だった。当時、国産の音楽フェスが盛り上がり始めた頃でドメスティックなロックバンドの市場は、いわゆるテレビなどのマスメディアで語られる音楽チャートとは実際の人気が少し乖離《かいり》してきていた。しかしそんな中でも、キンドキの楽曲はいわゆる少し「うるさ型」なロックファンからも敬遠されず、それでいてJ－POP然としたキャッチーさを持っている、いわゆる「売れそうな」音楽だったのだ。

「実際一番ヒットしていた頃のキンドキは、とにかくどれも『売れそう』って感じの曲だったからね」

増田が言った。多くの人が彼と同じ感覚を持っているだろう。

「『売れそう』って結局よく使ってしまう言葉だけど、たしかにそう表現するしかないかもしれないですね。というか、その後の人気が落ちてきた頃の『売れなそう』な曲があるから、尚更そう感じちゃうのかもしれないですけれど」

「なるほど。それは面白い。さすが」

増田はよく会話の中でわたしの考えを褒めてくれる。だが、自分の発言が大したものなのかはわからない。わたしの音楽に関する分析に、増田がある程度感心していることはたしかだろう。周りには音楽の世界における理屈のようなものを話すことが好きな友人はいないので、自分の思考に興味を持って考えを聞いてもらえるだけでもありがたい。

「でも、どうして『売れそう』な曲を書かなくなったんでしょうね？」

「よくある話だけど、売れ線の曲だけではなくて、自分たちらしい曲を書きたくなったって心境の変化はあるんじゃないかな？」

「そんなもんですかね。でもそれにしても突然というか……」

「今日話を聞いた夕風ライドだって、いつか突然方向転換したくなる時期が来るかもしれないよ」

そう言われて、メンバーたちの嬉しそうな表情を思い出す。初めてのインタビューは彼らにとって刺激的だっただろう。今日はこの後スタジオに直行して新曲を仕上げると話していた。

「彼らはそもそもまだ売れてないですからね。でも、考えてみたらそんな悩みが生まれるくらいになれば、ラッキーなのかもしれないですね」

本心から言った。売れたことで悩んでいる、というのは本当にごく一部の限られた者だけの苦しみだろう。当人にとっては辛くても、やはり幸運であることに変わりはない。

「でも、楽しみだよね、キンドキの再結成。なんとかライブに行きたいなとは思ってるんだけど……」

「そういえば解散から十年で再結成って、よくある話な気がしますね」

「たしかに他のバンドでも十年ぶりに活動再開というのは聞くかもしれない。そういえばどこかで教えてもらったことあるな。たしか十年で楽曲の著作権が切れるから、バンドはまた活動を再開すればその権利が延長される――みたいな噂。キンドキが著作権のために復活するのかはわからないけど」

キンドキが十年ぶりに再結成ライブをする、という情報は先日のニュースで流れてきた。再結成が望まれるバンド、といった音楽サイトの特集でキンドキはいつも名前は挙がるものの、これまで具体的な話はなかった。それに加えて今回のニュースに関して事前に噂すらなかったから、熱心なファンや、音楽関係者にも大変な驚きをもって受け入れられたようだ。

もちろん増田が記事を書いている音楽情報サイトでも、再結成のニュースは取り上げられた。PVはかなりの数になったらしい。ネットでもキンドキがしばらくトレンドに上がり続けた。

ただ再結成の理由は記事の中でも触れられていなかった。なぜこのタイミングで彼らが集まるのかは誰も知らない。一日限りだという再結成ライブ以外、その後は何も予定されていないようだ。そのためかSNS上では様々な憶測が飛び交っている。

「チケット、取れるんでしょうか」

今日は増田からキンドキについての話があるのではないか、と実は少し期待していた。

「どうかなー。なんだかんだでファンが多いからね。再結成ライブは規模も大きくないから、争奪戦になると思う。うちの会社でも、ゲスト枠は簡単には取れないかも」

「えー、そうなんですね。たしかに、チケットが取れないかもって話はちらほら聞きました。けど、当時見られなかったから見てみたいな。同じ考えの人がたくさんいるんでしょうね」

「それなりにいると思うけど、流行っていたのは十年も前だからそもそも知らない人も多いだろうね。それにしてもキンドキの再結成の場所としては、ちょっとライブハウスの規模が小さすぎるよね」

キンドキの解散以来十年ぶりとなる復活ライブは、アリーナやホールではなく渋谷のライブハウスで行われると発表されていた。そこは解散前のキンドキもよく出演していた会場だが、キャパシティは約千五百人だ。久々の、そして一日限りのライブをやるにしてはあまりにも小さい。

「わたしも申し込んでみようかな。まだ抽選中ですよね」

あまり使っていないチケットサービスサイトのパスワードは何だったかな、と考えたが思い出せそうもなかった。

2

「とにかく、ちゃんと売れる曲にしたいんです」

ボーカリストの須加《すが》の言葉に、周りにいたメンバーも頷いた。全員の顔を一人ずつ見ると、それぞれ十年前の面影があるようにも思える。猫宮にとって「よくテレビを観ていた時代」というのはほとんど存在しないが、それでもよくテレビで見かけていた気がする顔だ。

「『ちゃんと』ですか……」

「そう。復活にあたって、一曲、今『ちゃんと』流行りそうな曲を作らないと意味がない」

当然だろう、とでも言いたげな迷いのない発言だった。これまで基本的にKing with Donkeyの全曲を須加が作詞作曲してきたという。ビジュアルも含めて十年前より随分と大人しくなった今でも、やはり彼にはフロントマンらしい気質があるのだろうか。

「今回作るのは一曲だけなんですか？」

「予算的な問題もあってね。ライブはなんとか一回は演るとして、その後の活動については新曲の売れ行き次第かな」

当時の売れ方からしても既存曲の印税だけで活動資金は作れそうだったので、この発言は言葉通りには信じ難かった。だが、実際のところは、新しい曲を何曲も作るほどのエネルギーが今はないということを、口にしたくないだけなのかもしれない。新曲のヒットという結果でも出なければ、限りあるエネルギーを持続させることができないのではないか。

「なるほど。それで一曲だけ新曲を作ろうと」

再び須加が応える。

「ああ。ただ、辞めてから十年も経ってしまって、今の子たちに刺さる歌詞は書けないんじゃないかと思ってね。それでかつてのレーベルの担当者――彼はもう随分偉くなったみたいだけど――その人に相談したら猫宮くんを紹介されたというわけ」

たぶん、レーベルの担当者というのはつい最近、アイドルの仕事で少し関わったディレクターのことだろう。

「僕が、今の子に刺さる歌詞を書けるのか、わかりませんけど……」

「いや、ばっちりだよ。猫宮くんが作詞したアイドルの曲もよかった。というか、あんな歌詞は自分に書けないと思ってね」

キンドキが十年ぶりに復活する、という話は最近よく仕事をするレコード会社のディレクターから聞いていた。十年以上も前、今よりはまだ少し猫宮がヒットチャートを気にして生きていた時代に、キンドキはチャートトップに入るヒット曲をいくつも出していた。

知人に熱心なファンがいて、全盛期以降のアルバムも何度か聴かされた。現時点でのラストアルバムとなっているCDは、それまでと曲の傾向が変わったと言うこともできるが、完成度という点でもアマチュア感の強いサウンドである。しかしそのある種のインディー的な雰囲気が、コアなファン層を今も繋ぐ要素になっている、と知人は話していた。

どちらにしても、彼らの変遷に関してはそれほど興味のある話ではなかったが、今回の依頼は断りづらい関係者からの紹介だった。それに、十年ぶりに復活するというバンドが一体どんな楽曲を作ろうとしているか、という点では猫宮にとっても興味がある。

こうした経緯でキンドキのオリジナルメンバーである三人が、猫宮の事務所に来ていた。ギターボーカルの須加、ベースの結城《ゆうき》、ドラムの太田《おおた》。今回はライブもこの三人だけで、サポートメンバーを入れることなく演奏するらしい。

「ところで『ちゃんと売れる曲』というざっくりとしたコンセプトは、もう少し整理しておいたほうがよいとは思います」

猫宮の発言に対して、ベースの結城は深く頷いた。猫宮の記憶の限りでは短かったはずの髪が、今は肩よりも長くなっている。髪の手入れは行き届いており、服装はラフでシンプルではあるが、オリーブグリーンの上着と黒いTシャツは高級そうだった。三人の中では一番「表に出る人間」としての姿をキープしている印象だ。

ドラムの太田は最初からほとんど喋ることもなく話を黙って聞いている。

「簡単に言えば、動画で流行りそうなもの、ってことになるのかな。あとは、これを機に昔の曲も聴いてもらえたらいいなとも思っているけど。ほら、もうすぐネットの聴き放題で、キンドキの昔の曲も全部聴けるようになるって話だから」

結城が言った。

「ああ、ストリーミングのことですね」

猫宮が正しく用語を補足する。

最近ではネットに音源がなく簡単には聴けなかった昔のヒット曲なども、だんだんとストリーミングサービスで聴けるようになってきた。

「そうそう。そのストリーミングサービスってやつだよ。今回の復活のことを昔のレーベルの担当に話したら、新曲のリリースに合わせて、過去の曲も全部聴けるようにしようって言ってってね」

　須加が言った。

「それはいいですね」

「でも、定額で聴き放題っていうのはどうなんだろうね。どうも感覚的には理解できないんだよな。自分ならやっぱりＣＤで聴きたいしさ」

　結城はそう言って、部屋を見渡した。レコードを置いてある棚の一部に猫宮がこれまで関わったＣＤが何枚かあった。彼の目に入っていたのだろう。

「一応ここまでの話をまとめると、みなさんは新曲で新しいミームを作りたい、ということですよね？」

「ミーム？　聞いたことがあるような、ないような」

　須加が言う。

「インターネットミームのことです」

　猫宮は抑揚を付けずに返答した。

「正式名称はそう言うんだ？」

「そうですね。ミーム、という言葉自体はインターネットミームの誕生より前からありますが」

「そうなんだ。てっきりＳＮＳでの流行語なのかと思っていたよ。ハッシュタグなんかと同じだと考えていたけど、もともとの意味は違うの？」

「インターネットミームとハッシュタグは関連があるかもしれません。それに本来のミームの意味も、インターネットミームと大きくは変わりません。いうなれば文化の遺伝子みたいなものです」

猫宮が発した言葉に、キンドキの三人はいまひとつピンと来ていないようだった。

「遺伝子って、DNAとか、ですよね？」

結城が聞く。

「そうです。遺伝子は生物の情報を子孫たちに伝えるためのものです。そして、ミームというのは、同じように文化の中にある情報を後の世代に伝えるものってことですね」

「そんなものがあるんですか？」

「もちろん遺伝子は実際に存在するわけですけど、ミームというのは文化にも同じようなものを想定するとわかりやすいのではないかっていう考えです。リチャード・ドーキンスの『利己的な遺伝子』という本はご存知ですか？」

「タイトルくらいは」

答えた結城以外は、まったく知らないという顔をしている。

「出版された当時、かなり話題になった本ですからね。その中にミームという用語が出てくるんです。というよりも、ドーキンスがまさにその利己的な遺伝子という概念の説明のために作った用語がミームです」

「なるほど。では、その利己的な遺伝子、というのはそもそも何物なんですか？」

結城が聞いた。

「そうですね。それではまず、みなさんは生物の進化は、どういうものだと思っていますか？」

猫宮が逆に質問をした。そのままの流れで結城が答える。

「進化ですか？　えっと……ある生き物が環境に合わせてより生きやすい姿に変わっていく……みたいな？」

ダーウィンの進化論、というワードを太田がぼそっと口にしたが猫宮はそれを拾うことはしなかった。

「それは一面的な理解ですね。だって例えば、空を飛べたら便利だなって思いませんか？」

「まあ便利ですよね」

結城が答える。

「でも人間は空を飛べるようにはならない」

「たしかに」

もし環境に合わせて姿を変えられるなら、人はすでに飛べるようになっている。そのほうが絶対に便利なのだから。

「この話には二つのポイントがあるんです。まず一つ目は、進化に伴う変化はある個体の一生の中で起こるわけではないということですね。つまり、僕らそれぞれは成長しても、進化はしないんです。人間という種が世代を経るにつれて、変化していくのが進化です。だから例えば、表現としてミュージシャンの音楽が変わっていくことを『進化した』と説明することがあると思うんですが、これはおかしい。もちろん、あくまで本来の定義としてはおかしいという意味で、もう十分理解できる表現にはなっていますけどね」

「たしかに。でも、ミュージシャンは進化しないけれど、例えば音楽性は進化するってこと？　あるいは音楽のジャンルとか？」

結城が質問を返す。

「そうですね。その表現なら、本来の定義から言っても間違いではないと思います。ただ、どちらにしても比喩なんですよ。これが面白いところなんですけど」

猫宮は笑ったが、主に話している結城にも意味はよくわからなかったようだ。

「えっと……もう一つのポイントっていうのは」

「ああ、そうでした。もう一つは、単純な誤解に過ぎないんですが、進化っていうのは『こうなりたい』という希望が通るわけではない。様々な変化があった中で、たまたま生存に適したものが生き残るってことなんです」

三人はまたも猫宮の説明に納得していないようだ。

「つまりどういうことですか？」

「そうですね、例えば結城さんは、キリンの首が長いのは何故か知っていますか？」

「高い木の葉を食べるためでしょう」

「その考えがよくある誤解なんです。正しくは、高い木の葉を食べるために首が長くなったわけじゃなくて、いろんなキリンがいた中で首が長くて高い木の葉を食べることができたタイプのキリンだけが段々と生き残ることになった、ということなんですよ。もちろん何世代も経て、ですが」

「なるほど。望んだ通りになれるわけじゃないってことですね。でも、考えてみれば当たり前か。もしそうなら人間だってもっと便利な体になってもいいわけだし。最初の飛べるようになりたい、って話もそうですよね」

「ええ、それを自然選択というのですが、つまり選択が遺伝子によってなされると考えるわけですね。首の長いキリンの遺伝子が、首の短いキリンの遺伝子に比べて、後の世代まで残っていく可能性が高かったわけです。だから遺伝子レベルで見ると生物は他者のことを考えずに利己的に行動している、と言うことができる。でもそれはあくまでも遺伝子レベルで見ると利己的というだけであって、我々生物に備わった性質ではない。僕ら個体はまったく利己的とは言えない行動をたくさんしますからね」

「利己的っていうのは、自分のためだけに行動するってことですよね。えっと……この場合に利己的じゃない行動をするっていうのは、例えば自分の子供じゃなくても可愛がったりとか？」

「まさに、そういうことです。社会というのは他者がいて初めて成り立っていますし、それは別に人間に限ったことでもない。利己的な遺伝子の話、というのはつまり利己的なのはあくまで遺伝子単位での話だ、ということですね」

話は歌詞から脱線しているようにも思われたが、キンドキの三人もこの話題が曲作りのヒントになるかもしれないと直感していたのか、それを咎めることはなかった。

「あれ……でもそれならどうして、俺たち個体は、利己的ではない行動をとるの？　結局遺伝子を残すためだったら、利己的に生きたほうが良さそうな気はするけど。それこそ、人間以外の動物はもっと本能的にそんな行動を取るんじゃないかな？」

須加が聞いた。

「結論だけ見れば簡単なことですよ。だって、僕らが同じ遺伝子を持っているかどうかや、近い遺伝子を持っているかなんて、ぱっと見では全然わからないでしょう。それに、隣にいる人を蹴落とすよりも共生したほうが生きやすくなる。そう理解すればいいと思います」

「なるほど」

「ミームというのは生物と同じように文化にも、情報を伝えて進化させていく遺伝子のようなものを考えることができるんじゃないかという説です。例えば、音楽で言えば特徴的なフレーズやメロディなんかも、ミームだと言えます」

「なるほど。そのミームがインターネットでさらに広がっていくんですね」

「ええ。ネット上で拡散していく時に、遺伝子に当たるのがインターネットミームですね。例えば、インターネットでは『検索してはいけない言葉』というのがあるのを知っていますか？」

「え、そんなのあるの？」

「気になりますよね」

猫宮は笑った。ドラムの太田は知っているのか、少し表情を変えて結城を見ている。

「この場合には『検索してはいけない言葉』という言葉そのものが広がっていくんです。まあググるって言葉も、もはやミーム化していると言えるかもしれないですけど」

須加はやや困惑した表情だった。

「とにかくそのミームになりそうな歌詞を作るってことなの？」

でもさ、と結城が口を挟む。

「さっきの猫宮さんの話をそのまま受け取るなら、なりたいようには進化できないんでしょ？　たまたま環境に適した形に変化したものが生き残っただけってことなら、つまり何が流行るかはやってみないとわからないってことなのかなって」

猫宮は頷いた。

「たしかに、そうですね。ただ今話したこととはまるで矛盾しますけど、僕自身は進化にもやっぱりなんらかの意思のようなものがある気がするんです」

「うん、なんとなくだけど、その考えは正しい気もするよ」

須加は何か思い当たることがあるのか、あっさりと応えた。

「さあ。それじゃあ、今の話が無意味にならないような歌詞を考えましょうか」

3

チケットが二枚だけ取れた、という連絡が増田から届いたのは、取材から一ヶ月ほど経った休日の午後だった。増田からは別件でその間も何度か連絡が来ていたが、まともに返事ができていなかったので少し気まずい。今月は思いがけず、やらなければいけないことが重なって忙殺されていた。

しかし今回の話は無視するわけにはいかない。キンドキの復活ライブとなれば、おそらくプレミアもつくだろう。そのチケットが二枚ある、とわざわざ連絡をしてくれたのだ。きっと一緒に行こうという誘いではないだろうか。

しかし、このメールにだけすぐ返事をしたら、あまりにも現金な人間だと思われてしまう。人にどう思われるか、ということよりも優先すべきライブであることは間違いないのだが、かといって増田に軽薄な人間であると思われたくもなかった。そもそも忙しさにかまけて返事をしなかった自分が悪いのに、それでも二枚しかないチケットでわざわざ誘ってくれるのは、相当に親切だと言わざるをえない。

少し悩んで電話をかけることにした。

「もしもし」

「もしもし？　あー、びっくりした。どうしたの？　急に電話なんて」

増田は数コールで出た。

「ごめんなさい。しばらくちゃんと連絡できていなくて……」

「いや、それはいいんだけど……」

電話越しの増田は、それほど気にしていないようだった。悩みは杞憂だったのだろうか。

「チケット取れたんですね！」

わたしは思い切り明るい声で言った。

「そうなんだよ！　かなり運が良くて二枚だけ。渋谷さん、もちろん行くよね？」

「いいんですか？」

「そりゃあ、そうじゃなかったらわざわざ連絡しないでしょ」

増田は電話の先で笑っているようだった。

「あ、まあそうですよね。ありがとうございます！」

「そういえば新曲もあるらしいね」

その情報はSNSで見た。ライブの一ヶ月前に、キンドキは十年ぶりとなる新曲をリリースするそうだ。CDなどのフィジカルリリースはなく、配信とストリーミングのみということだった。そして、新曲の発表に合わせて旧譜のストリーミング配信もスタートするらしい。他の曲ももちろんだが、特にあのラストアルバムが今の世の中でどんな評価を得るのかは、一音楽ファンとしても興味深かった。

「今のキンドキはどんな曲を作るんでしょうか？　やっぱりラストアルバムみたいな雰囲気なのかな」

「それだと、今の人たちはなかなか受け入れられないかもね」

増田が発した言葉の内容が少し気になった。ラストアルバムは、たしかに大衆向けとは言えないかもしれないが、それでも十分多くの人に届くポピュラリティは持っている。

それが受けない、というのは例えば「アメリカのポップスは英語で歌われているから日本では受けない」と言っているようなものだろう。誰でも理解できる音楽だけが、流行るわけではないはずだ。それに、あのアルバムを一番好んで聴いている自分は「今の人」ではないのか、とも思えた。

「うーん、どうなんでしょう。とりあえず楽しみにして待つしかないですね。あ、そうだ。インタビュー記事の進み具合はどうですか？」

気持ちを隠すようにわざとらしく言葉を発した。

「ああ、今月中には公開できそうだよ。少し時間がかかってしまって申し訳ない。夕風ライドのみんなはどう？」

「あれ以来気合入ってますよ。取材を受けるのは初めてだったので、いいきっかけになりました」

「それならよかった。音楽業界でもまだまだ彼らを知らない人がほとんどだろうけど、今回の記事で少しでも話題になるといいな」

自分の音楽を誰かが聴いて、評価してくれる人がいるというのはそれだけで奇跡的なことだろう。しかもそれを記事にして広げてくれる人までいる、というのは若いアーティストにとって明確にやる気に直結する出来事だと思う。もちろん彼らのモチベーションのために、取材がセッティングされたわけではないのだが、士気が上がるに越したことはない。

それに、増田のインタビューは無駄のない的確なものに思えた。メンバーも公式の取材を受けるのは初めてにもかかわらず、話しやすそうにしていたし、わたしも聞いたことのない話がいくつか出ていたので、増田はまさに聞き上手ということなのだろう。

「そういえば一つお願いがあるんだ。彼らについて渋谷さんにも、少しお話を聞きたいなって思ってて」

「でも、わたしはまだ正式なスタッフってわけじゃないですし……」

「いや、あくまでファンというかリスナー目線としてさ。そんなに畏《かしこ》まったものでなくてもいいから」


待ち合わせ場所に指定されたのは何度か訪れたことのあるビルだった。この建物内の喫茶店は、駅から近く、しかも映画館から直結という格好のセールスポイントがあるにもかかわらず、存在が気づかれにくいためか穴場らしい。朝、比較的早い時間から営業していることもあって増田は取材でよく使うと言っていた。

ちょうど先週から始まった大作映画の上映時間が近かったので、付近では待ち合わせをしている人が多い。ぱっと見る限り多くはカップルだったし、おそらく増田が来たら自分たちも同じような映画待ちの恋人同士に見えるだろう。

そういえば、中学生の頃、周りに急にカップルが増え始めた時期があった。今理由をつければ「そういう年頃だった」とまとめられるのだろうが、当時は周りに遅れまいとただ皆が焦っていたようにも思う。わたしには結局その機会はなかったけれど。

時流に乗って恋人ができた友人によると、デートの定番と言えば映画だったという。しかし実際のところ、映画など観てどうしていたのだろうか。上映中はただ黙って映像を観るしかないし、終わった後で内容について語り合うのは、ある程度大人になった今になってようやく楽しみを見出せるようになったくらいだ。

実は勢いで付き合い始めたカップルのほとんどは、間が持たないから映画を観ているのではないか、と当時の自分は勝手に結論づけていた。

「中学生の時にそんなことを？」

集合時間より少し早めに来た増田に、考えていたことをそのまま話してみた。増田は苦笑いしながらも、恋人と映画を観に行ってもよっぽど元々の趣味が合っていなければ自分も楽しめる自信がない、と話した。

その後、バンドについてのインタビューは三十分程度で終わったが、時間があったのでそのまま雑談をした。

「昔からの友達同士っていうのは、バンド結成の理由としては一番多いパターンだけど、それだけの間柄でずっと一緒に活動を続けていくっていうのも不思議だよね」

「関係がうまくいかなくなる時が来るってことですか？」

「いや、そういうわけでもないけどさ。そうだ、前に聞いた話で……」

増田が名前を出したのは誰もが知る有名バンドだった。

「このバンドって特別、演奏の技術が高いわけでもないし、強いて言うならボーカルの歌と作曲能力が一番の売りだよね。だから、外側から見ればボーカル以外のメンバーが別人になってもわからないって意見するような人すらいるんだよ」

「そう考える人がいるのも、わからないではない気もしますね」

「うん。でもファンからしたらありえない考えらしい。ボーカル本人も、技術の問題ではなく、今のメンバーじゃないと自分は続けられないって発言しているんだ」

「なるほど」

「このボーカルの言葉がバンドってものをよく表しているのかもしれないなと思ったよ」

「どういうことですか？」

「一緒にいて安心する人同士だから活動できているってこと」

その言葉は妙に腑に落ちた。

「たしかに、学生時代にバンドを組むとなったら、音楽の方向性を考えるよりもまずは気が合うかどうかってところから始まりますもんね。それに、バンドをやりたいって意志の問題とか、楽器を持っているか否かとか、演奏ができるかとか――そうやって線引きした時点で身の回りの人間関係の中では候補がかなり絞られるわけですし」

「そうとも考えられるかも。だから友達同士で始めたバンドは、関係性に綻《ほころ》びが出て来たら存続が厳しくなるってことなのかな。どんなに売れてても、単に仕事仲間としての繋がりだけなら、なんとか取り繕っていけるのかもしれないけれどさ。友達同士なら仲が悪くなった時点で、一緒にいる意味がそもそもなくなっちゃうわけで」

「キンドキはどうなんでしょう。たしか、もともと知り合いだったわけでもないんですよね？」

「レコード会社のスタッフの紹介で出会ったって聞いたことがある」

「その割には仲が良さそうですよね。でも紹介で会っても気が合うから、バンドとして成立したわけか」

「気が合わなければ続かなかっただろうね」

「友達同士ではないとしたら、今回みたいな解散後に再結成、なんて話はどういう流れで出てくるんでしょうね。それこそ解散理由が、仲が悪くなったということなら、十年経って大人になったから和解した、とかも考えられますけど。キンドキはネットで色々な憶測が出回ってますよね」

「うーん……」

「あ、そういえば調べましたよ。著作権の話」

「わざわざ調べたんだ」

「十年で著作権が切れる、なんてことはないみたいですね。著作権はそもそも個人に属するものなので、バンド自体の存続とは関係ないようですし、切れるとしても死後七十年のことなんです」

「そうなんだ。じゃあなんでそんな噂があるんだろう」

「それなんですが、著作権そのものではなくて、印税契約が一応十年で更新になるらしいです。たぶん、それが著作権そのものと混同されて伝わっちゃったんじゃないですか？　実際メンバーの誰かがお金に困って、契約更新のタイミングで再結成っていうのは海外でもよくあるみたいです」

「僕の聞いた話だと……」

増田はそう言って少し間を置いた。

「キンドキもやっぱりお金が、今回の再結成に関係しているらしいよ。メンバーの一人に子供が生まれたみたいだね。それでお金も必要になったのかな」

「思ったよりも現実的な理由なんですね」

「がっかりした？」

「いや、むしろほっとしました。でも、増田さんにはやっぱりそういう情報が入ってくるんですね」

「個人的に気になって少し調べてみただけだよ」

もしも再結成の理由が金銭的なものだとしたら、新曲は解散時のような雰囲気ではなく、いわゆる「売れ線」だった頃の曲調になるのだろうか。どちらにしてもファンにとっては、楽しみと不安が同居する発表になるだろう。

「今まで好きだったバンドがリアルタイムで再結成する場面を目撃するのって初めてなんですけど、ファンは新しい曲を聴きたいって思うものなんでしょうか？　既存のファンは、昔の懐かしい曲が聴きたいものじゃないんですか？」

「どうだろうね。僕の場合は、いくつか生で聴きたい曲はあるから、ライブのときに外さないでほしいとは思うけど」

「たしかにそれはそうですね。でも、それって別に再結成でなくても同じですよね。キャリアの長いアーティストだったら」

「ずっと同じ曲をやり続けるというのも大変なことだよね。聴く側はやはり過去の有名曲を演奏してくれるよう求めてしまうけど、アーティストからしたら新曲を聴いてほしいと思うのは当然だろうし」

わたしにも似た経験はあった。レジェンドクラスの海外アーティストのライブに行ったら、やはり誰もが知ってる有名曲を聴かずに帰りたくはない。

「それならキンドキのラストアルバムは、まさに新しい曲がやりたいという表れだったんでしょうか？」

「そうかもしれないね。解散後に出たベストアルバムは、オールタイムベストという触れ込みだったのに、ラストアルバムの曲はほとんど入ってなかったし。解散前最後のツアーはどの曲を演奏したんだろう？」

「たしか以前見た記事によると、ラストアルバムの曲が多かったようですね。というか、ラストライブについては結果的にラストになってしまっただけで、最後だと銘打たずに通常通りツアーをやっていたそうです。本人たちもツアーを始めた時点では、ラストツアーにするつもりはなかったんじゃないですか」

「そうだったかも」

「難しいですよね。アーティストが演奏したい曲と、みんなが聴きたい曲が一致しているのが一番良いと思うんですけど、過去にヒット曲がある人ほどそれは稀なことだろうし。だいたい作る側って当然いつも今回が一番いい曲だと思って、新曲に取り組むわけじゃないですか」

「そうだろうね」

「キンドキのラストアルバムは、どの曲も割と単純なメロディでしたよね。あの頃流行り始めた、カラオケで歌うのも難しいほど複雑なのになぜかキャッチーなメロディ、みたいなタイプの曲とは全然違う方向性でした」

「正直、そういう分析は僕にはわからないのだけど……その頃売れそうなイメージの曲とは雰囲気が違うなって感じるのはたしかだね。ライブでもラストアルバムと同じ方向性の曲ばかり演奏していたなら、解散せずに活動を続けていても生き残るのは難しかったのかもしれない」

「今回はどんなライブで、どんな新曲を出すつもりなのか、楽しみですね」

「そうそう、こうやって純粋に楽しみに待つのが一番なんだと思うよ」

増田は笑った。純粋に、なのかはわからないが、わたしもつられて少し笑った。

4

「猫宮くんはさ、若い子の感覚がちゃんとわかるわけ？　最近、もう付いていけなくて……」

須加の口調は前回事務所に来たときよりもフレンドリーだ。この距離の詰め方が、フロントマンとして彼が多くの人に好かれていた理由なのかもしれない。曲を作るクリエイターは、孤高の職人というタイプも多いが、やはり一般に人気が出るフロントマンは短い時間でも人に好感を与えて、利害関係がなくとも協力者を増やしていけるような人が多い。

「わからないですよ」

あっさりと答えてみせた。

「わからないの？　っていうか猫宮くんは大御所の雰囲気があるからつい忘れちゃうけど、若くないわけではないのか。俺らくらいになると最近の子供たちの間で何が流行ってるかが、見当もつかなくて怖いんだよね」

怖いと言いながらも笑っていたが、須加は真剣に考えているようだった。

「でもわからないからこそ考えてみるんですよね。そうすると、もしかしてこういうことかもな、という仮説は生まれてきます」

この日も四人は歌詞について話し合うために集まっていた。猫宮の提案によって、共作という形で歌詞を制作することになったのだ。猫宮が一からすべて作詞したのでは、あまりにもこれまでの曲とかけ離れた作品になってしまうのではないかという懸念があった。キンドキのメンバーも思うところがあったのか、そのやり方が一番良いと言って受け入れた。

「仮説か。さすがだね」

「ただ、インターネットミームを生み出そうというのなら、この方法がベストなんじゃないかって思うやり方はあるんです」

猫宮が言うと、歌詞にはノータッチだと宣言しつつも、今日もスタジオにやって来ていた結城が発言した。

「それなら、その方法を試してみればいいんじゃ……」

「いや、今回はちょっと難しいと思います」

「どういうこと？」

「僕の仮説としては、もしネットミームになりそうな音楽を作ろうと思ったら、ネットミームになりそうな音楽をこうやってみんなで作ろうとしちゃダメだと思うんですよ」

「え？　つまりどういうこと？」

猫宮の説明で、三人は余計に混乱したようだ。

「これまでだったら売れそうな曲を一つ、みんなで集中して作りあげるのが最適だったと思います。でも、今の時代は誰でも作ったものをすぐにネットにアップロードできる。だから、まずはたくさん、簡易的に色々な曲を上げていって、ネット上での反応を見ながらその中でミーム化しそうなものを『ちゃんと』出していくのがいいのではないかと思うんです」

猫宮の話を咀嚼《そしゃく》するのに、三人は時間がかかっているようだった。

「えっと……つまりデモ音源をたくさん公開して、人気が出そうなものがあれば、それをちゃんと形にしてリリースしようってこと？」

「ええ。そういったリリースの仕方も、もう個人のレベルでできるようになったわけですから」

「なるほどね」

結城が言った。

「十年前とはだいぶ事情が違ってきてるね」

「毎年変わっていってますね、正直」

コーヒーをもう一杯もらっていいかな、と須加が立ち上がった。歌詞の打ち合わせは夕方からスタートしているが、すでに二時間以上は経過している。

打ち合わせの冒頭は、ほとんど須加と結城から解散後の十年間の生活について聞く時間となっていた。そして夕食を挟んで、ようやく本題である歌詞の話題に入ったのだ。昔はレコーディングでも昼に集まって、夕方くらいからやっと始めるアーティストも多かったらしい。

須加は歌詞と一緒に曲のイメージも考えるため、アコースティックギターを持って来ている。猫宮の事務所はスタジオとは言いつつも、レコードが聴ける環境が整っているだけなので、楽器は歌のピッチ確認用の小さなキーボードくらいしかない。この場所で本格的に作曲作業がされることはほとんどなかった。

「猫宮くん、だいぶ遅い時間までかかりそうだけど大丈夫かな？」

猫宮は須加の言葉に軽く頷いた。逆に、結城が須加の言葉に驚いたような顔をしている。

「え、なにその顔？」

「いや、須加くんがそんなこと気にするなんて不思議でさ。昔はレコーディングだって、下手したら始まるのが夜になってからで、朝まで終わらないのも普通だったじゃん」

須加は笑った。

「今はそんな時代じゃないでしょ」

「そうかな？　変わらないグループは変わらないと思うけど」

「子供が生まれて、変わったのかもしれない」

「ああ。そういうことね」

「早く帰りたいなと思うようになったし、そもそも何もない日は早く帰らないと生活が回らないからね。家族には、今日は遅くなるって伝えてあるから、もちろん時間がかかっても大丈夫なんだけど」

「だいぶ所帯染みてきたよね。久々に会って、中身は変わってないと思ってたから、ちょっとびっくりした」

　結城が言った。

「では、あまり遅くならないようにはしましょうか」

「いや、猫宮くんが良いなら大丈夫だけどね。あ、そういえば猫宮くんはもしかして結婚してるの？」

「してないです」

「そうか。恋人はいない？」

　須加が言うと結城が横で苦笑いした。

「いないです」

「そうなんだ。出会いならなくもないでしょ。こんなに良い歌詞書くのに意外だね。人生二回目って貫禄があるけど」

「記憶の限りでは一回目です。結婚はしてないですし、前にしていたこともないですね。恋人は……恋人が何かっていうのをいつも再定義しながら歌詞を書いてる気もするので、いるのかいないのかって質問には答えづらいですけど」

「相変わらず小難しいことを言うね」

「ほら、仕事が恋人って言ったりするけど、そういうことでしょ？」

結城が言った。猫宮の理屈を理解しつつあるようだ。

「あ、そういうことか。でもさ、好きな人はいるんじゃない？」

「どうでしょう。もちろん、人の好き嫌いはありますけど、いわゆる恋愛感情は今はないと思います」

「一緒にいて居心地がいい人、とか」

「いないですよ」

須加と猫宮のやり取りを聞いて、結城は再び表情を歪める。

「あのさ、そういう質問こそ今は時代じゃないでしょ」

「あ、ああ……ごめん、つい……」

「須加さんは、好きな人いるんですか？」

猫宮の質問はやり返したという意図ではなく、純粋な疑問だった。

「そりゃあいるよ。だから子供も生まれたんだし」

それはどうかわからないよ、というように結城が首を振るジェスチャーをしたが、猫宮は軽く頷いた。

「気が合うな、というくらいの人は僕にもいますよ。でもそれは、仕事がしやすいとか、そのレベルと大して変わらないことにも思えます。それにそういった人との出会いだって、結局は偶然ですからね」

「偶然か」

「関係にあえて名前を付けるならそういうことですね」

須加は少し考えてから言った。

「運命の人がいるとは信じてないってこと？　俺たちはこれまで何度も歌詞に書いてきたけども」

「信じていないわけではないですよ。でももし運命の人がいるとしても、世界中には何十億人、いや有史以来でいえばもっと何倍もの人がいるわけです。今まで生きてきた数十年で出会ったせいぜい千人単位の人の中にその運命の一人がいるとは、少なくとも確率的には考えられないな、と思ってます」

猫宮がすぐに答える。

「うーん……話は理解できるけどね。でも……だからこそ限られた、なるようにしかならない出会いの中で、誰をどう好きでいるかが大事なのかなと思うよ」

「須加さん。それじゃないですか？」

猫宮が言った。

「それって？」

「歌詞です」

猫宮は手に持ったMacBookにメモを取り始める。

「そういうテーマこそ歌うべきだと思います」

なるようにしかならない
なるようにしかならない
でも、だから君を好きでいたい

「いいかもね」

結城が言う。

「ああ、なんかキャッチーだし、この繰り返す感じは中毒性がある気もする。『Let It Be』、いや『Let It Love』かな」

須加もそれに応える。すでにメロディに合わせて口ずさみながら、ギターを鳴らしている。

太田も手でリズムをとってドラムのフレーズをイメージしているようだ。

しばらくの間音楽しかない時間が流れた後、ギターのフレーズを止めて須加が猫宮に言った。

「猫宮くんもさ」

「はい」

「好きな人ができたら、ちゃんと伝えたほうがいいと思うよ」須加はまるでステージに立って何万人もの観衆を前に言うような語り方だった。「僕らだって、解散することになるなんて思ってなかった。なるようにしかならないけどさ、それがいつになるのかなんてわからないんだから」

5

渋谷駅のハチ公口を出て、原宿方面に向かい公園通りを登る。この公園通りという名称は、この先に代々木公園があることに加えて、通りに建つ渋谷ＰＡＲＣＯも名前の由来となっている、という話を大学の講義で聞いた記憶がある。

ＰＡＲＣＯとはイタリア語で公園という意味だし、このエリアのシンボル的な存在となっている。渋谷は誰もが知る若者の街で、店や流行り物の移り変わりは激しい。そして道の名前の由来になるほどのシンボリックな存在であるＰＡＲＣＯにしても、中に入る店舗だけではなくてその外装も変化しているのだ。ゼミではそれが哲学的にも興味深い対象だと、先生が熱く語っていた。

増田とは、公園通りを登り切ったところにあるライブ会場の前で待ち合わせた。すでに多くのファンがグッズ売り場に並んでおり、関係者受付にも列ができていた。

「さすがに満員ですね」

二人の席は二階にある関係者席の端だった。この会場は基本的にどこからでも見やすいが、この二階席端のふた席は、出口には近いものの目の前に柱があってステージの全景が見えない造りになっている。

席に余裕があるときはこの席は使わないらしいが、今日は逆側の端の席まで満席になっているようだ。ただこんな席であっても、会場を埋め尽くす人々を見れば贅沢は言えない。増田がふた席も確保できたのはかなりの幸運だろう。

一階のスタンディング席がぎっしり埋まっているところをみると、やはりキンドキの本来の人気を考えれば、会場のキャパシティが適切ではないように思えた。

例えばＮＨＫホールなどもっと大きなホールがこの近くにもあるが、そういえば先日増田に取材をしてもらった夕風ライドのメンバーは、渋谷にある今日のライブハウスが憧れだと話していた。たしかに最近ここでワンマンライブを開催したアーティストの中には、今のキンドキ以上のビッグネームもいるし、何の変哲もない会場に見えてもアーティストにとって特別な魅力があるのかもしれない。

「そういえば、今度ここなくなっちゃうらしいよ」

「え、そうなんですか？」

「元々、仮施設と言われる建物だったらしくて、認可が延長されなかったらしいんだよね。あと二ヶ月くらいで閉鎖だって」

「言われてみれば、さっきもらったパンフレットも先の予定がほとんど入ってないですね。渋谷だとこの大き過ぎない規模のライブハウスが、サイズ感としてもちょうど良かったのにな。若いバンドでも、ここでのワンマンを目標にしてる子を何人も知っています」

「そういえば夕風ライドもそう言っていたっけ？」

「よく言ってますよ。こういう気軽に入れるライブハウスのほうが親しみやすいから、思い入れも強くなるんですかね」

「でも、もっとでかい会場に行けるだろうし、目指していかないと」

たしかにその通りかもしれない、とわたしは思った。ここを目標にしていると聞いた時、少しだけ感じたもやもやは、この会場への不満というよりも、もっと上を目指せるのになぜだろうという疑問だったのだろうか。

「でもここで彼らの夢が叶う瞬間も、見届けたかったですけどね」

増田と話していると、隣の席に座っていた二十代後半くらいの男性が、こちらのほうが見えやすいので席を代わりましょうか、と提案してくれた。今の席は少し見えにくいという会話を聞かれていたのだろうか。増田と共に最初は断ったが、「端のほうが、ライブがいまいちだったときにすぐに出やすいですから」と本気なのか冗談なのかわからないことを言って席を代わってくれた。

開演前のライブハウスには聴いたことがない洋楽が流れている。そして定刻になると特別な入場曲もないまま、メンバーが入場して来た。彼らの姿が見えると、会場には十年分の思いを抑えきれないとでも言わんばかりに歓声が響き渡った。これだけの声が上がれば余計な入場曲はむしろノイズになるのだろう。

メンバーの衣装はステージが暗くて最初は定かではなかったが、明かりが点くと十年前と変わらないラフなスタイルだとわかった。十年前は、人気グループがこんなTシャツにジーンズというラフな格好で表に出ることは少なかったが、今では珍しくないかもしれない。

ライブは新旧のシングル曲を中心としたものだった。演奏力が当時にくらべて見劣りするのか、あるいは良くなっているのか、当時のライブを音源と一部の動画でしか知らないわたしには判断のしようがない。パワーダウンしているようには思えなかったが、かといって前より良いと単純に言い切るのは難しい。

ライブ開始から、頭の中を一番支配していたのは「ああ、ついに見てしまったな」という名状しがたい感情だった。

解散後に好きになり、ライブが見たくても見られなかったグループのライブに来ているというのは、ある種の奇跡だろう。この会場の中にも、同じように今を奇跡的な瞬間だと思っている人が大勢いるはずだ。ただそう思えるのは、一度も実際の演奏を見たことがなかったからこそだ。一度見てしまえば、想像の中でのライブや音源だけでイメージしていた理想のバンドと、目の前の現在進行形の音楽が比較されることになる。

自分にとって触れることのできない過去でしかありえなかったものが、目の前の現在になるということは幸福に違いないと思っていた。しかし、実際には見ることができた事実だけが残ることに気づいて、少し驚いた。

出会えるはずもなかった音楽への憧れが、手の届く存在として消費されてしまった。わたしはこの先も音楽を聴いて、この寂しさにまた出会うことがあるのだろうか。あるいは、いつか振り返れば今日の感覚もまた、喜びだったと思えるのだろうか。

増田は、随分と満足そうにライブを見ていたので、少しほっとした。そして、席を譲ってくれた隣人も、公演がすべて終わった後でいつの間にかいなくなっていたが、公演中は最後まで席を立つことはなかった。

十年越しの再結成ライブそのものは良い出来だったのだと思う。最初から最後まで、聴きたかった曲を聴き続けられたし、音源を聴いたときにはどうとも思わなかった新曲『Let it Love』も、単純に良い曲に思えてくる。わたしは音楽のライブが好きなのだ、ということが改めてわかった。

ご飯でも食べて帰らないか、と増田から誘われた。特に断る理由もないが、今月はちょっと金欠だった。

そのことを告げると、増田は僕がおごりますよ、と言って渋谷駅を通り越して恵比寿方面に五分ほど歩いたところにあるビルの二階に入った。増田は道中慣れた様子で電話で予約をしていたが、着いてみるとわたしには少し身分不相応にも思えるおしゃれなイタリアンだった。

「ライブ、良かったね。思っていた以上に現役感があった」

増田は言った。普段はライブ中に周りの反応を観察することはしないが、今日は増田が横で楽しそうに身体を揺らしているのがわかっていた。

「たしかに、久しぶりの演奏という感じはしなかったですよね」

「しかし今更だけど、まさかキンドキのライブが見られるなんてね。昔の自分に教えてあげたいな。周りにキンドキが好きな人があんまりいなかったから、同じファンの人と一緒に見られたのも嬉しかった」

「よかったです」

増田はビールを飲んでいる。わたしはジンジャーエールだった。

「楽しめた？」

「はい。聴きたかった曲もやってくれたし。たしかに増田さんの言う通り、今になって、まさかあの曲が生で聴けるとは、って感動がやってきました。ずっと、ＣＤでは聴いてるけど絶対に生で見ることはないんだろうな、って思っていたから感慨深いです。今更ながら、不思議な感覚ですよね」

「でも『Let it Love』は、どうだったんだろう。あれは……」

増田は少し含みのある言い方をした。おそらく、あまり良い印象を持っていないのだろう。

実際ライブ中もファンの反応は、他の曲に比べてそれほど好意的ではなかった。

やはり基本的にはファンは往年のヒット曲が聴きたかったのだろう。それに、『Let it Love』は少し現代受けを狙いすぎている気がした。

ただ、個人としての感想はライブを見て少し変わったのも事実だった。今日聴いた古い曲たちのどこを切り取っても、過去だったものが手の届く今に顔を見せに来てくれたような感慨はある。しかし、『Let it Love』だけは現在進行形で前に進んでいるもの、有り体に言えば新しいキンドキだと思えたからだ。

だからわたしは過去を多くのファンと一緒に楽しんだというだけでなく、会場内にいた人たちと「今のキンドキ」を新たに共有できたという実感が少なからずあったのだ。

「ライブの前はわたしもどうかなとは思ってたんですけど、実際にライブで『Let it Love』を聴くと悪くもないのかなって印象に変わりました」

「たしかに演奏としてなら、あの曲がある意味一番だったかもしれないね」

「何かをずっと好きでいるって難しいですよね。よく『このバンドの新曲だからいいに違いない』とか『この作曲家の新作だから間違いなく名曲だ』みたいなことを言う人がいますけど、そんなこと絶対ありえないだろうって思っています」

「まあ、そう言いたくなるのはわかる気はするよね。記事を書く時でも、誰々が楽曲提供、とかの情報を見出しにしがちだから」

「ええ。事実としてその人が作ったことは間違いないですし、過去に素晴らしい曲を書いてたことも本当なんでしょうけど、でもだからといってそれだけで名曲だって確定するわけじゃないだろう、ってわたしは思っちゃいます」

「うーん……」

「でも、新曲を聴くときってある意味ではそういう期待感で聴くしかない、とも言えるかもしれませんね」

「聴くまでに得られる情報なんてせいぜい作った人と演奏者、あとはタイトルくらいなわけだからね。もちろん、リスナーの感想はあるけど、自分の手で曲を発見したり、いち早く新曲を聴きたいって人にとっては、一番はやっぱり誰がどういう過程を経て曲を作ったかという事実だろうとは思うよ」

増田の分析は冷静だった。

この時、わたし自身はむしろライブそのものへの感動よりも、新曲への自分自身の感情の変化ばかりを強く感じていたのだ。その感想のずれのせいなのか、増田の話はところどころ含みがあるようにも聞こえた。


一時間半ほどの滞在で店を出て、また駅までの道を戻る。

「明日もお仕事ですか？」

「明日は朝イチからバンドの取材で、夜はライブで新宿。ライブレポを書かないといけなくて。かえでさんは？」

「わたしも明日は朝イチです。夜はまたライブに行こうと思ってます。恵比寿ですけど」

「ああ。明日は違うところか」

「また今月も、結構ライブ被りそうですよね」

「うん」

増田の表情はなぜかやや晴れないものだった。

「改めて思ったんですけど、キンドキのライブは本当に今回だけなんですかね」

「ああ……そう言ってはいたけど、僕はまた集まる可能性はあるかもなとは思ったよ。もちろん、そんな情報が入っているわけではないけど」

「評判がよければ、ありえなくはないですよね。金銭的なところが理由なら尚更ですし。『Let it Love』がこの後売れる可能性もあります」

「そうだね」

「またライブがあるなら、楽しみですよね。どうなのかな？」

「またライブがあったら一緒にどう？」

増田が立ち止まってそう言った。

「え……ああもちろん、ぜひ」

「うん、いや、というか……あのよかったら僕と……付き合ってもらえませんか？」

6

「それで、どうなったんですか？」

猫宮のアシスタントのミドリが訊いた。アシスタントとは言っても最近はアイドルとしての活動もしているので、ほとんど業務はできていない。この日は珍しく数日間の休みで猫宮のスタジオに遊びに来ていた。

「結局キンドキの新曲は世間ではほとんど話題にならなくて――」

「いや、そういうことじゃなくて」

ミドリは笑った。

「まあ、世の中そんなに甘くないよね」

「突然ミームを作ろうとしても上手くいかないってことですか？」

「それもあるけど、そもそもミームになったとしても、売れる作品かどうかはまた別の話だしね」

「なるほど」

猫宮はいつものデスクチェアに座って本を読んでいる。

「キンドキのCDって、わたしが勧めるまで聴いたことはあった？」

「僕は猫先生が関わったものは一通り聴いてますけど、それ以外の昔の曲はほとんど聴いたことがなかったですね」

「ってことは、知ってるのは『Let It Love』だけってことか」

「正直全盛期も含めて他の曲を聴いてみても、ほとんど興味を持てなかったんです。ただ、たしかに解散前のラストアルバムはかえでさんが好きそうだなとは感じました」

「まあね。でも復活ライブの日以来、わたしはラストアルバムもあまり聴かなくなっちゃったかな」

「そんな話よりもその後どうなったか知りたいんですけど」

「え」

「増田さん、って人と」

「ああ、それね」

「いや、今の話で一番聞きたいところでしょ」

ミドリは言って、猫宮のほうをちらっと見る。しかし目線の先の作詞家は特に何の反応も見せなかった。

「うーん……別になんてことはないよ。それで付き合ってみることになったんだけど」

「おお！」

ミドリが声を上げる。

「それだけ」

「えー」

「もういいでしょ、昔の話は」

「いやいや、そんな昔の話じゃないでしょ」

ミドリは食い下がったが、わたしはこれ以上話すつもりはなかった。

増田とは付き合うことになったが、キンドキのCDを聴かなくなったのとオーバーラップするように二ヶ月ほどで別れることになってしまった。もちろん、わたし自身がそこまで思い入れを持てなかったことが原因だろうとは思う。

好きではなかったというわけではない。純粋な好意は持っていたし、恋人としての期間を試してみて、これからも一緒にいたいと思えたらそのまま関係を続けても良かった。

だが、そもそも恋人、というものが具体的にどういうものなのか、いい大人になった今でもよくわからない。わたしが仕事で制作している曲はほとんどが恋の曲だ。でも、実際に自分が抱いている感情のうち、どれが本当に恋だと言えるのかということについてはよくわかっていない。それでも恋の正体とその作法については考え続けなければいけないだろうとは思っている。

「そういえば結局キンドキってなんで再結成することになったんですか？　というか、そもそもなんで解散したんでしたっけ？」

「解散したのはやっぱり売れなくなったから、だと思う」

「あれ……でもそこそこは売れていたんじゃないですか？」

ミドリは純粋な疑問を口にした。

「正確には、売れる曲を作れなくなったから、でしょうね」

猫宮がやっと口を挟んだ。

「それって同じじゃないんですか？」

「彼らにとっては違ったんだよ」

「彼らにとっては、ってどういうことですか？」

「つまりそれまで売れる曲、売れるつもりで書いていた曲を発表し続けていたからこそ、そうじゃない曲しか書けなくなったことが自分たちでわかったんだろうね。いや、わかったというより、感じたということなのかな。バンドとして売れる曲を作ろうとして、それが実際に作れていた。でも作れなくなった」

「どうしてそんなことになったんですか？」

　ミドリが聞く。

「これから色んな作家の人にも会うだろうから言っておくけど――」

　猫宮はあえて含みのある言い方をしたようだ。

「どうしても何も、そういうものなんだよ」

「そういうもの？」

「創作するというのは、多かれ少なかれそういう変化を含んでいるということ。解散前のラストアルバムにしたって、それまで通り売れる曲を書こうという意志はあったはずだ。ただそれが売れるものにはならなかっただけで」

「つまりよく言う、枯れていく、ということですか？」

「そう言ってもいい。そもそも枯れる前に咲かない人が多いんだけどね」

　猫宮の表情は真剣だった。ユーモアとして言っているのだろうが、一方でそれは真理だろうとも思う。

「キンドキもそうだったんですね」

「みんなそうだよ。でも、自分で気づく人はさらに稀だと思う」

「自分で？」

「そう。大抵は、売れなくなって気づくか、誰かに指摘されて気づくか、あるいは新しいアーティストが出てきて気づくか、そんなきっかけがある。自分が枯れてきた、ということを自分で気づいてしまう人は珍しい。でも、彼らは自分たちでわかったんだね」

「そんなもんなんでしょうか」

「これは僕の推測だけれども。でも気づいてしまった以上は辞めるしかない、ってことだったんでしょうね」

「不思議ですよね。わたしのようにいわゆる枯れた後のアルバムが好きな人もいるわけですもんね。一応、まがりなりにも売れるものを作らなきゃいけない仕事をしている人間としてはちょっと不安になります」

思わず言った。

「でも渋谷さん、そもそも自分の好きなものと売れているものなんて、まったく一致していないでしょう？」

「……たしかにそうですね」


スタジオを出て、今日の目的だったライブに猫宮と向かう。駅までの道は通い慣れていたが、意外と二人で歩くことは少なかった。

「あ、そうだ、ほら、猫宮さんがキンドキと一緒に作った『Let It Love』」

「ああ」

「あの『なるようにしかならない』ってフレーズの部分が今になってバズってるの知ってますか？　みんながあの曲を使って、変なダンスを踊ったりして、動画の投稿数がすごいことになってるらしいですよ」

「そうみたいですね」

「でももう一回復活ライブをやることになったのは、バズってるからではないですよね」

「多分順番が逆だと思います」

電車に乗って三十分ほど移動する。車内ではキンドキの曲で踊る若い子たちの動画をまとめて見ていた。最近では、動画投稿系のＳＮＳで流行る曲を作ってこい、という上からの指示も多い。

キンドキのライブに猫宮と一緒に来ることになるとは思っていなかった。会場は前回より広いが、すでに開演前から大勢の人が並んでいる。どうやら動画のバズの影響もあり、新しい若いファンもいるようだった。

今回は会社の伝手を使って関係者席を用意してもらえている。もちろん猫宮はわたし以上に関係者なので、その名前を出しても良かったのだがそうはしなかった。

「いっぱいですね」

入り口から、一階のフロアを見渡して言う。間隔を空けながらも、会場にはたくさんの人が集まっていた。開演前のＢＧＭは少し前に猫宮に勧められて聴いていたイギリスのテクノバンドのアルバムだった。

「そうそう、さっきの話なんですけど」

「え？」

「今回の復活ライブの理由は前回とは違うって話です」

「猫宮さん、何か聞いてるんですか」

「いや、今このチケットを見て思ったんですけどね」

「これですか？」

入り口で渡された座席番号が書かれた関係者用チケットを見る。基本的には一般チケットと同じものだ。席の番号や値段の他にもいくつかの注意書きが書かれている。

「未就学児は入場できないって」

「だいたいライブハウスでは制限していますよね」

「ええ。だから参加が可能になってからライブをやりたかったんじゃないですかね」

「えっと……どういうことですか？」

「そもそも再結成は子供が生まれたことがきっかけだと言っていたじゃないですか。だから、あれから七年経って、その子供がライブに来られる歳になったってことです」

「ああ、なるほど」

「実は、須加さんと復活ライブが終わってしばらく経ってから、少しだけ話す機会があったんです」

「そうだったんですか」

少し驚いた。猫宮が、仕事が終わった後でもキンドキを気にかけているとは思ってもみなかったからだ。

「あのとき彼らは、生活のために、もう一度売れる曲を作れるのかやってみようとトライした。僕もそれに何か力添えできないか、と思ったわけですけど、でもやっぱりそれは難しかった。結局どんなに理屈を並べたとしても、たまたま作っていた曲が、その時代に売れるものだったという以上のことはないわけです。全盛期の彼らは、売れる曲を世に出していくプロジェクトを成立させていた。でも自分たちの作りたいものも、世の中も変わっていく。だからそれがまた交わる瞬間があるかと思ったけど、やっぱり七年前も交わらなかった」

「なるほど」

「だから、『それだったら時々でもいいから、自分たちのやりたいことをやるしかないんじゃないか』って。そして『生活はその気になったら、どんなやり方でも成り立つだろう』と言っていました。もちろん自分たちの作ったものはこれからも消えないわけですからね。今となってはそれこそサブスクからのインカムだってある」

「でも、過去の姿を子供に見せることはできないから、今回また再結成したわけですよね」

「うーん……そのあたりの感覚はやっぱりご本人たちにしかわからないところですね。でもそもそも十七年前の解散にしたって、その時点で解散を選べるというのは、やっぱり音楽や自分たちのやりたいことに対して正直だからなんだろうな、と思います。自分たちに正直でいられるだけでも彼らは特別なバンドですよ。変化と進化は違うものなんでしょうね、変化には意思がある」

さあそろそろ席につきましょうかと猫宮が言ったので、もう一度チケットを見直してみる。席は二階席のサイドの入り口を入ってすぐだった。

「ここですね」

猫宮が席を指差す。

「あれ、端の席でしたね。すいません。ちょっとここからだと見にくいかな」

「いや、いいんじゃないですか」猫宮は特に気にした様子もなく言った。「ライブがいまいちだったとき、すぐに出やすいですから」

「きっと、七年前のライブからも彼らは変化しているんでしょうね」

「そうですね」

少しの間があった。

「僕も、少しだけ変わったかもしれません」

すぐに、客電が落ちた。同時に、ＢＧＭの音量が一度上がり、そしてすぐに途切れる。ライブの入場曲は相変わらず何もない。しかし七年前とも、十七年前とも違い、メンバーたちは歓声のない中、拍手だけで迎えられた。

そしてわたしたちはあの音にまた再会した。

この作品はｎｏｔｅに公開した「恋の作法」「ユーレイゴースト」「深い海」「夜船」を大幅に加筆修正し、「再開」（書き下ろし）を加えたものです。

〈著者紹介〉
ヤマモトショウ
静岡県出身。東京大学理学部数学科を経て、東京大学文学部思想文化学科哲学専修課程を卒業。2012年、音楽グループ・ふぇのたすを結成し、ギターと作詞・作曲を担当しメジャーデビュー。ふぇのたす解散後に作詞家、作曲家となり、アイドルグループを中心に楽曲提供を行う。21年から静岡発のアイドルグループfishbowlのプロデューサー。22年には、FRUITS ZIPPERの「わたしの一番かわいいところ」を制作。同グループは23年に「第65回輝く！日本レコード大賞」の最優秀新人賞を獲得し、同曲はSNSを中心に総再生回数9億回を突破した。

そしてレコードはまわる
2024年2月20日　第1刷発行

著　者　ヤマモトショウ
発行人　見城 徹
編集人　森下康樹
編集者　武田勇美

GENTOSHA

発行所　株式会社 幻冬舎
〒151-0051 東京都渋谷区千駄ヶ谷4-9-7
電話：03(5411)6211(編集)
03(5411)6222(営業)
公式HP：https://www.gentosha.co.jp/

印刷・製本所　中央精版印刷株式会社

検印廃止

ISBN978-4-344-04222-3 C0093

JASRAC 出 2400036-401

この本に関するご意見・ご感想は、
下記アンケートフォームからお寄せください。
https://www.gentosha.co.jp/e/